어머니의

연서

어머니의 연서

1판 1쇄 발행 ｜ 2019년 12월 27일
지은이 ｜ 허정란
발행인 ｜ 이선우
펴낸곳 ｜ 도서출판 선우미디어
　　　　 등록 ｜ 1997. 8. 7 제305-2014-000020
　　　　 02643 서울시 동대문구 장한로 12길 40, 101동 203호
　　　　 ☎ 2272-3351, 3352 팩스: 2272-5540
　　　　 sunwoome@hanmail.net
　　　　 Printed in Korea ⓒ 2019. 허정란

값 13,000원

※ 이 책은 진주문화재단으로부터 제작비 일부를 지원받았습니다.
※ 잘못된 책은 바꿔 드립니다.
※ 저자와 협의하여 인지 생략합니다.
※ 이 도서의 국립중앙도서관 출판예정도서목록(CIP)은 서지정보유통지원시스템 홈페이지
　 (http://seoji.nl.go.kr)와 국가자료공동목록시스템(http://www.nl.go.kr/kolisnet)에서 이용하실
　 수 있습니다.(CIP제어번호: CIP2019052695)

ISBN 978-89-5658-631-1 03810

어머니의 연서

戀書

허정란 수필집

선우미디어 sunwoomedia

책머리에

아들의 집 의왕에서 마무리 원고를 정리합니다.
이번 나의 처녀 수필집은
어린 시절을 배경으로 친정어머니와 함께 한
삶의 한 단편이기도 합니다.

한고비 굴곡을 묶어서
하느님 앞에 고백성사를 보듯
내 안을 정갈하게 비워내며
그리움으로 어머니 영정 앞에 올립니다.

수필을 배우려 용지 호숫가 공부방에서
창신대 문예창작학과에서
정목일 교수님을 뵈었습니다.
아직 영글지 못한 수필집으로
부끄러움 크지만
선뜻 서평을 써 주셨습니다.

"수필은 자신과의 대화이다.
수필을 쓰기 위해선 동심으로 돌아가야 한다."
교수님의 싱그러운 가르침을 되새기며
다시 시작하는 마음으로 감사 인사 올립니다.

오랫동안 찾아뵙지 못한 또 한 분,
도월화 소피아 선생님께 감사드립니다.
수필의 길로 저를 한 걸음 나아갈 수 있게
이끌어 주셨던 분입니다.
수필집을 내기까지
격려와 함께 곁에서 많은 도움을 주신
손정란 선생님께도 진심으로 고마움을 전합니다.

원고와 밤잠을 설쳤던 날들,
뒤에서 묵묵히 힘을 실어준 가족들에게
사랑의 마음을
수필집으로 대신합니다.

고맙습니다, 사랑합니다!

2019년 가을 백운 호수에서

허정란

| 차례 |

01 어머니의 연서

04 진달래가 뭐꼬?

05 하늘 우체통

01

어머니의 연서

평생 후회할 일을 해서는 안 될 일이었다.

이십일 만에 어머니를 모시러 갔다.

어머니의 마음은

집 잃은 아이가 엄마를 찾듯

새털처럼 가벼운 마음으로 날아올랐으리라.

그동안의 원망은 사라지고 안도하는 마음이라

그저 죄송하고 민망할 뿐이다.

-〈이루지 못할 약속〉 중에서

어머니의 능선

　두릅 밭이 있는 양지골로 차를 몰았다. 시원하게 잘 닦여진 길은 차가 다닐 수 있도록 도로포장까지 되었다. 그동안 고향 산천을 잊고 지낸 세월의 공백을 실감 나게 한다. 아스라이 보이는 비탈 아래로 나락 단을 이고 다니던 옛 들길은 제트기가 꼬리를 그은 자국처럼 하얗다. 어릴 때 보았던 소나무는 동화 속 마을처럼 어느새 아름드리 큰 소나무로 숲을 이루고 있다.

　우뚝 솟은 소나무 옆, 앞이 확 트인 자리에 아버지 묘가 있다. 얼마 만에 찾아온 산소인가. 어머니에게 자주 들린다지만 집에서 떨어져 있는 묘는 들르기가 쉽지 않았다. 오랜만에 아버님 무덤에 절을 올린다. 아버지는 가족사진 속에서 검은색 양복 차림으로 환하게 웃고 계신다. 네 살 기억으로 아버지를 가슴에 묻고 철들 때까지 아버지 딸임에 무턱대고 자부심을 가졌다. '엄마 젖이 모자란 셋째 딸은 아버지가 손수 끓여준 우유를 먹고 자라며 유독

귀염을 받았다.' 어릴 때부터 어머니께 마음속 깊은 곳에 박히도록 들은 이야기다.

아버지를 향한 사랑과 책임감은 일종의 꼬리표 같은 것이기도 했다. 어머니가 물으면 나는 항상 아버지 딸이었다. 아버지 딸이라고 말하지 않으면 아버지에 대한 의리를 저버리는 기분이었다. 돌아가신 아버지에 대한 어머니의 증표는 남달랐다. 아버지를 대신하여 자식들을 온전하게 지키며 죽어서는 아버지 옆에 고이 묻히는 것이 소망이었다.

어머니는 여기저기 흩어져 있던 묘를 선산에 모시는, 힘에 겨운 일을 해내었다. 산소 위쪽으로 할아버지 할머니와 윗대 조상들의 묘가 이장되어 모양새를 갖추고 있다. 이제 남은 것은 당신께서 누울 자리를 마련하는 것이라고 말씀하시곤 했다. 흙과 함께 살아온 어머니가 이제 흙으로 돌아갈 채비를 하신다.

작년 봄, 팔순이 가까운 황혼에 어머니는 새집을 짓기 시작했다. 빨간 벽돌 양옥집은 아담하고 견고하게 지어졌다. 사방이 산으로 뒤덮인 아버지의 고향으로 번잡한 도시와는 달리 장날이면 버스가 한 번 들어온다. 투자 가치와는 상관없는, 당신께서 팔십 평생 염원해온 숙원 사업이라 소중하고 의미 있는 일이었다. 어머니는 집이 완성되자 한동안 행복하셨지만 예전 같지 않게 하루의 절반을 누워서 지냈다.

서산에 해가 뉘엿해지면 고추밭에 호밋자루를 던져놓고 집으로 들어와 군불을 지핀다. 밭에서 종일 지내며 당신 몸을 아끼지 않으셨던 어머니였다. 이제 힘을 쓸 만한 여력이 남아 있지 않다. 어머니의 기상은 천년만년 뻗칠 줄 알았는데, 요즈음 자신이 없다고 자주 말씀하시기에 가슴이 먹먹해온다. 집을 떠날 때는 마을 어귀까지 따라 나와 정답게 손을 흔들어 주었다. 어느 순간부터 창가에 앉아서 자식들이 보이지 않을 때까지 하염없이 손을 흔들고 있을 뿐이다.

봄 햇살이 산허리를 자르고, 연초록 두릅을 담은 소쿠리가 묵직해 온다. 목장갑 사이로 두릅의 가시가 손가락을 찌르며 또 다른 통증으로 다가온다. 한평생 흙을 자식처럼 사랑하며 옥토를 가꾸었던 어머니였다. 팔순이 넘도록 아버지의 본향인 산골짜기를 떠나 본 적이 없는 어머니. 산기슭 굽이굽이 능선이 어머니의 일터요 쉼터였다. 낮게 드리운 저녁노을 사이로 산마루 연초록 잎사귀들이 작은 마을 어귀를 푸른빛으로 채운다.

고운 사람이 될 기라

　어머니가 우리 집에 오신 후부터 이 방 저 방으로 순례를 한다. 초저녁에 어머니 곁에서 지내다 새벽녘이면 남편의 방문을 열어 본다. 대수술을 하고 회복기에 있는 남편 또한 마음을 놓지 못해서다. 어머니가 내 방을 찾아와도 정다운 친구가 될 기분이 아니라 내 방 불을 일찍 끈다. 객지에서 신종플루에 걸린 아들 생각이 가득하다.

　어머니 방에서 무언가 쾅쾅, 두드리는 소리가 들린다. 사과 하나가 호되게 분풀이로 당하나보다.

　이튿날, 밤새 왜 그렇게 산적처럼 굴었냐고 물으니 어머니는 배가 고파서 사과를 비닐에 넣어서 팼다고 한다.

　"사과가 튀어나오면 어쩌려고?"

　"사과가 도망갈까 봐 수건을 한 장 덮었지."

　사과를 얇게 저며 락앤락 통에 넣어 두었는데 밤새 심에 차지 않았던지 딸 대신 사과와 한판 대결을 했나 보다.

"깡패가 되어서 우짜냐고. 엄마의 손자와 아픈 사위 걱정도 해야 한다."고 차근차근 말한다. 딸이 옆에 없을 때는 인형과 친구가 되어 놀아 주라고 한다. 내 마음을 가누고 순화시키니 어머니의 마음도 잔잔한 물결이 된다.

"하며, 이제는 고운 사람이 될 기라."

순한 어머니 모습이 천생 맑은 아이 모습이다. 세상에서 제일 고운, 예쁜 우리 엄마다.

"네가 누구냐?"

누구냐고 알아맞혀 보라고 한다. 쉽게 딸의 이름을 맞춘다. 알면서 왜 묻느냐고 했더니, 자꾸만 정신이 깜박거린단다. 여기가 어디냐고 묻는다. "진주 아이가?" 기억을 반쯤 의심하며 반문한다.

"엄마 머리는 영리하다."라고 칭찬해 준다. 어머니는 기억이 자꾸 왔다갔다 한다. 편히 기댈 수 있도록 안심을 시킨다. 우리는 때로 버팀목의 역할이 바뀐다.

목욕하고 나서 손사래를 치는 어머니 손가락에다 봉숭아 빛 매니큐어를 바른다. "다 늙어서, 이제 죽을 건데 무엇 때문에 바르냐."라고.

늙어도 예뻐야 한다며 억지로 두 손톱에 발라주었다. 보기 싫다고 빼는가 싶더니 나머지 손가락을 가만히 대고 있다. 반짝이는 꽃물이 어머니 마음을 알록달록 물들인다.

어머니에게 시를 읽어 드린다. 어머니의 정서에 어울리는 귀농 시인 서정홍의 ≪내가 가장 착해질 때≫ 시집이다. 시인의 〈배추 농사〉에서 '인건비 떼고 나니 땡전 한 푼 집에 가져갈 게 없다'라 는 대목은 독자를 공감하게 한다. 어머니는 흥분하여 무릎을 친 다.

"참말로 농사일을 잘 아는 사람이네."

언젯적에 감자 스무 상자를, 아이 머리보다 더 큰 감자를 한 상자에 오천 원 받고 공판장에 수매했다고 한다. 엄마는 귀농 시 인의 애독자가 된다. 나는 밤마다 어머니의 귀에 입을 바짝 대고 책 읽어 주는 착한 여자가 된다.

어머니는 딸이 보이지 않으면 무릎으로 엉금엉금 이방 저 방을 찾아 헤맨다. 목이 마르다고 사과를 달라고 한다. 방금 하나를 다 먹었다고, 잘 밤에 많이 먹으면 해롭다고 귀띔하면 "내가 금세 사과 하나를 다 먹었냐"라고 반문한다. 잠잠하다 싶으면 다시 찾 아온다. 내 일을 접고 옆에 앉는다. 어머니는 신바람이 난다. 딸의 손을 맞잡고 세상을 다 얻은 것 같다고 한다. 어머니가 기분이 좋을 때 외는 아버지의 연시를 낭송해 보라고 은근하게 권한다. 어머니가 카랑한 열여섯 신행의 새색시로 돌아간다. 어머니의 주 름진 작은 얼굴에 홍조가 인다. 우리는 잠시 숙연해진다.

밤낮이 바뀐 어머니는 밤새 한잠도 주무시지 않는다. 늦은 밤까지 어머니가 하는 어릴 적 이야기를 들으며 상 위에 성경을 펴고 필사를 시작한다. 시간이 지날수록 무료한지 담요를 가져다 어깨를 덮어주기도 하고, 쉬었다 하라고 조르기도 한다. 담요가 흘러내릴 때마다 번번이 다시 집어서 어깨까지 끌어올려준다. 어머니의 팔이 오를 때마다 내 손을 건드려 글이 삐뚤어져 여간 귀찮은 일이 아니다. 하던 동작을 그만두게 하니 푸념을 한다. 허리띠 졸라매면서 공부 시켜 놓았더니 성당 좋은 일을 시키고 맨날 뒤통수만 보여 준다. 웃음이 나와 하던 일을 접는다.

베개를 베고 나란히 눕는다. 어머니는 "아이 좋아라."라고 아이처럼 두 손을 팔짝댄다. 연신 순진한 아이 모습 그대로다. 어머니의 왼쪽 귀에다 대고 큰 소리로 말한다. "엄마에게 잘하려고 성경을 쓴다."라고 조금은 참아야 한다고 다짐을 둔다. 순하게 고개를 끄덕인다. 따듯한 기운이 어머니의 배로 가슴으로 스쳐서 내 손끝에 닿는다. "왜 이리도 손이 차노?" 어머니는 딸의 손을 꼭 잡아본다.

밤이 이슥하여 어머니의 방을 나선다. 어머니는 십 분만 더 있다가 가라고 손을 끌더니 순식간에 잠이 든다. 평화로운, 고운 모습이다. 옆을 더듬어보고 허전한 기운이 돌면 딸을 찾으려 다시 방문을 나서겠지.

윤슬이

털이 부드러운 부엉이 인형을 어루만져 본다. 크고 동그란 눈이 어딘지 손녀의 표정을 닮았다. 머리를 쓰다듬어 주고 작은 몸을 안아도 보지만 내리뜬 눈은 당최 시선을 주지 않는다. 새침하고 도도한 손녀의 모습이 떠올라 슬그머니 웃음이 나온다.

설을 보름 앞두고 딸아이에게서 급히 연락이 왔다. 직장에서 두 주간 교육이 있으니 아이를 좀 맡아 달라고 했다. 둘째를 가져 몸도 무거울 텐데, 이튿날 우리 부부는 서둘렀다. 달리는 차 안에서 은근히 손녀에 대한 걱정이 앞선다. 잠시라도 엄마가 보이지 않으면 찾는데 앰한나이로 네 살인 손녀가 보름 동안 잘 지낼지 걱정스럽다.

손녀는 신통하게도 엄마를 찾지 않는다. 붙임성이 있다. 예쁘고 놀랍다. 오히려 날마다 통화를 하는 딸애가 서운하여 안달한다. 속이 훤한 아이는 엄마가 몇 밤 자면 오는지 손가락을 꼽는다.

손녀와 함께하는 날들이 쏜살같이 지나간다.

아이는 휴대폰을 두고 할아버지와 사이가 틀어졌다. 유튜브에서 애니메이션 만화를 보고 있는 중에 전화가 걸려와서 동영상이 끊어졌다. 아이는 소리를 지르며 할아버지에게 휴대전화기를 달라고 울음을 터뜨렸다. 옆에서 통화가 끝나면 보자고 달랬지만 아이의 울음은 더욱 거세졌다. 할아버지는 휑하니 논밭의 일터로 나가버렸다.

동네 목욕탕에서 물놀이 하는 손녀가 어쩐지 시무룩하다. 물통 안에서 인형을 만지작거리던 아이가 귓속말한다.

"할−버지가 왜 화났는지 아세요?"

놀라서 아이를 본다. 세상에, 말도 아직 서툰 아이가 걱정이란 놈을 알다니. 짐짓 아무렇지 않게 말했다.

"글쎄, 윤슬이가 할아버지에게 잘못했습니다. 하면 좋아하실 것 같은데?"

손녀는 아무 말이 없다.

윤슬이 먹을 반찬을 만드는데 정신이 팔려 대문 소리가 나는지도 몰랐다. 아이가 현관문 앞으로 쪼르르 달려간다. 집안으로 들어서는 남편에게 "할−버지" 하고 두 팔을 벌린다. 화해의 몸짓이다. 갑자기 코끝이 찡해온다. 엄마와 떨어져 있더니 눈치가 생기는 걸까, 기특하고 측은하다. 남편은 여느 때와 다르게 멀뚱멀뚱하게 서 있다. 아이가 용서를 비는 몸짓으로 다가서는데 굼뜨기만 하여 답답하다. 어서 안아주라고 채근하자 손녀를 꼭 껴안는다.

아이는 아직 '할아버지' 발음도 또렷하지 않다.

"할─버지 잘못했어요."

입속에서 웅얼거리며 작은 소리로 말한다.

"윤슬이가 떼를 쓰면 할아버지는 마음이 아프다."

그의 얼굴이 환해진다. 아이가 작은 몸을 팔랑이며 천진하게 웃는다.

손녀에게 예쁜 새 옷을 입히고 나름대로 정성을 들여 보지만 할미보다 할아버지가 최고다. 남편은 손녀가 좋아하는 군고구마를 끼니마다 굽고 딸애가 보내온 간식을 주머니에 챙겨서 틈틈이 먹인다. 아이가 잠들지 않는 밤이면 유모차에 담요를 덮어서 동네 주변을 돌기도 하고, 때로는 자동차에 태워 바람을 쐬러 나간다. 일상이 바쁜 할미는 밤이 되어서야 손녀 곁으로 비집고 들어갈 틈이 겨우 생긴다. 품 안에 안긴 아이의 고른 숨소리가 새근새근 방 안의 공기를 포근하게 데운다. 고요하다. 꿈속에서 아이는 엄마와 뛰어놀까. 손녀가 깨어날까 봐 살그머니 이불깃을 끌어서 다독인다. 자식들 키울 때와는 다른 평화로움과 충만감이 차오른다. '완전함'이란 이런 느낌일까.

잠든 손녀의 몸이 땀으로 흥건하다. 젖은 머리카락이 얼굴을 덮고 있다. 딸애가 쉬는 날 아이와 영상 통화를 하면서 손녀의 낯익은 침대와 장난감을 보여 주었다. 갑자기 통화하다 고래고래

소리 지르며 울었다. 학교 일이 끝나면 윤슬을 데리러 온다고 엄마는 약속했었다. 아이 생각대로라면 데리러 와야 했다. 아이에게는 앞뒤 상황을 이해할 수 있는 시간이 필요했다. 손녀가 울다 지쳐 잠들 때까지 딸애가 삐걱거려 놓은 아귀를 맞추느라 할아버지는 진땀을 흘렸다.

설을 지낸 이튿날 아이의 보금자리인 딸애의 집으로 삼대가 용인으로 향했다. 아이도 마냥 놀고만 지낸 것은 아니었나 보다. 손녀는 어린이집 수업 일수를 또박또박 채웠다. 밥상머리에서는 가족 모두를 앉혀 놓고 기도를 맡아한다. 식구들 이름을 불러주며 고사리손으로 한 줌씩 일용할 양식을 퍼 나르니 모두가 즐겁다. 순진무구한 아이를 통해서 가족의 소중함이 고스란히 묻어난다.

할아버지가 아이의 물고기를 탐낸다. 장난감은 운전대 위의 휴대폰 거치대로 안성맞춤이다.

"윤슬아, 물고기 한 마리 가져가도 되겠니?"

아이가 머뭇거리다 파란색 물고기를 벽에 붙여 보인다. 고무로 된 물고기는 아이가 손을 떼자마자 툭 방바닥에 떨어진다.

"할—버지 물고기는 벽에 붙지 않아요. 대신 이거 가져 가셔요."

동화책을 한 권 내밀며 물고기 대신 가져가란다.

"동화책은 싫다."

할아버지와 실랑이 끝에 아이는 마지못해 물고기 한 마리를 내어준다. 못내 물고기가 아깝다.

자동차의 흔들림에도 물고기가 찰싹 붙어있다. 이 핑계 저 핑계 대다가 더 이상 핑곗거리가 떨어진 손녀에게서 겨우 받아온 것이다. 네 살 손녀의 매운 살림 솜씨에 우리는 배꼽을 잡고 웃는다.

　　보름 동안 손녀와의 생활이 꿈결같이 지나갔다. 책상 위 부엉이가 동그란 눈을 새침하게 내리뜨고 있다. 부드러운 깃털을 흔들어 본다. 차돌 같은 아이의 웃음소리가 귓가에 맴돈다.

아버지가 지어준 이름

기억하기로, 어머니가 멀쩡한 몸으로 딸네 집에서 며칠씩 머무르고 가신 적은 없는 듯합니다. 주야로 농사일에 매달리는 어머니는 몸져누워서야 비로소 딸네 집을 찾게 되었습니다. 애달프게도 몸이 자유롭지 못하니 농사일에서 벗어났습니다.

어머니가 병상에 계시면서 제일 잘한 일이 세례를 받은 일입니다. 어머니는 성녀의 본명을 따서 '마리안나'로 세례를 받았습니다. 어머니에게 세례명을 불러 드리며 제 세례명도 불러 보게 했습니다.

희미해져 가는 어머니의 기억을 붙들기 위하여 가족들의 이름을 노트에 쓰고 읽고 했습니다. 틈만 나면 '마리안나'라는 세례명을 불러보았지만, 어머니는 세례명에 익숙해지지 않습니다. 당신께서는 성모마리아님을 지금에서야 알게 된 것을 안타까워했습니다. 하지만 늦지 않았다고 위로해 드립니다. 이제라도 세례를 받아 너무 다행입니다.

밤에 자다가 어머니가 부르는 이름을 듣습니다.

"프란치스카! 프란치스카!"

어머니는 제 세례명이 입에 달라붙지 않는지 자꾸만 불러봅니다. 그러다 제 이름을 가만히 불러봅니다

"허정란, 허정란, 허정란…."

어머니가 제 이름을 불러보며 중얼거립니다.

"그래도 너희 아버지가 지어준 이름이 있는 거라."

어머니는 아버지가 지어준 제 이름을 많이 사랑합니다.

'어머니 걱정하지 마세요. 저도 아버지가 지어준 이름 사랑하고 있습니다.'

입 안에서 웅얼거리며 어둠 속에서 어머니 얼굴을 더듬어 봅니다.

이내 고요한 숨소리는 깊은 잠으로 몰아갑니다.

어머니의 연서

귀가 어두운 어머니에게 시집을 읽어 드린다. 책 읽기를 즐기시는 어머니는 오른쪽 귀를 딸의 입 가까이 대고 옆구리를 바짝 기댄다. 좋아하실 만한 시를 골라 어머니의 귀에 대고 큰소리로 읽는다. '배추 농사지어 읍내 시장에 간다. 인건비 떼고 나니 땡전한 푼 집에 가져갈 게 없다.' 이 대목에서는 "참말로 농사일을 잘 아는 사람이네!" 목소리에 힘이 실린다. 어느 해 텃밭 농사지어서 감자 한 상자에 오천 원씩 받고 스무 상자를 헐값에 주고 왔노라고, 농부의 심정을 충분히 알고도 남는 듯해 참 좋은 책이라고 칭찬한다.

나는 책을 덮고 아버지의 편지를 외워보라고 짐짓 보채듯 한다. 주름진 얼굴에 얼핏 엷은 홍조가 인다.

봄철 아지랑이 끼고 종달새 우는 봄이 왔습니다.

흘러가는 철도 한 단 더 높은 듯

우리 부부 후정 다정도 한층 더 두터워지는 듯

아리 삼삼한 얼굴 다정한 성음 차마 잊고 견딜 길 없어

공부를 둘째 두고 이런 사연 편지를 씁니다.

현처 원함과 같이 성공 길을 밟아갑니다.

안심하세요, 안심하세요.

아버지의 연애편지를 외우는 어머니의 낭랑한 목소리는 열여섯 수줍은 새댁 모습을 떠올리게 한다. 신혼 시절 아버지와 주고받은 수백 통의 사연은 아흔을 바라보는 어머니의 기억속에 오롯이 남아있다.

아버지는 어질고 따뜻한 분이셨다. 가난한 가정에서 맏이로 태어나 독학으로 스물일곱 젊은 나이에 옛 초등학교 교장선생님이 되셨다. 마흔을 막 넘긴 사월 이른 아침 학교 사택에서 채소밭을 가꾸시다가 혈압으로 쓰러졌다. 아버지의 갑작스러운 죽음은 어머니에게 청천벽력과도 같았다. 하루아침에 남편을 잃고 어린 자식들을 거느리고 아버지의 본가로 들어갔다. 어머니 나이 서른여섯, 막내가 두 살이었다.

어머니는 오로지 자식들을 굶기지 않겠다는 일념으로 농사일과 씨름했다. 일꾼 없이 처음 짓는 농사일은 도무지 종잡을 수 없어 숱하게 울기도 했다. 하루해가 지면 농사일에 지친 몸으로 아버지

의 무덤을 찾아가 목 놓아 울었다. 어머니의 통곡 소리는 좁은 골짜기를 흔들었다. 이웃 마을 사람들은 어둑발이 내리면 귀신이 운다고 술렁댔다. 당신은 실성한 몰골로 농사일에 미쳐 신발이 해지도록 밤낮을 모르고 살았다. 선잠을 자다가 보리쌀을 씻어 아궁이에 불을 지피면 새벽닭이 울었다.

모내기가 끝나고 추수 때까지의 겨를에도 함지박을 이고 복숭아 장사를 하여 육 남매를 공부시켰다. 어머니의 교육열과 헌신적인 노력은 자식들이 바르고 성실하게 자랄 수 있는 밑바탕이 되었다. 농작물은 주인의 발소리를 들으며 자란다고, 땀으로 일궈낸 십 년 세월이었다. 한 해 벼농사는 대풍이었고 정부에서 주는 다수확상에 선정되어 우리 가족 모두에게 큰 기쁨을 주었다.

어머니는 낡은 고향 집을 허물고 빨간 벽돌 양옥집을 지었다. 자식들에게 도움을 받지 않고, 그동안 한 푼 두 푼 저축한 돈으로 평생 소망하던 일을 이루었다. 어머니는 살아생전 아버지의 유지를 받들어 모시고 싶어 했다. 벌초하러 오는 친인척들이 하룻밤 편히 묵을 수 있도록 하여, 당신이 세상을 떠나도 조상의 제사를 모시는 제각祭閣으로 쓰이길 원했다.

일흔아홉, 어머니가 이루어 낸 원대한 꿈이었다. 바지런한 손길에 새집은 구석구석 윤이 났다. 담장 위로 덩굴장미가 피어오르고, 장독대 옆으로 무리 지어 피어난 흰 백합은 진주 이모 집 정원에서 볼 수 있는, 평소 어머니가 즐겨 가꾸고 싶어 했던 정경이라 놀라웠다. 시골과 도시적인 낭만이 어우러진 정원은, 지금까지 눌러놓았던 어머니의 여성스러운 성품을 잘 드러냈다. 그동안 자식들을 보살피며 뒤치다꺼리하느라 억척스럽게 사셨던, 어머니에게는 사라진 지 오래된 여자의 거울이었다.

어머니가 병이 났다. 농사일로 척추가 휜 몸은 한 번 쓰러지자 회복이 어려웠다. 혼자 있는 것이 무섭고 두렵다고 호소했다. 강인하게 홀로 사셨던 것과는 다른 낯선 모습이었다. 아들과 딸네 집을 오가며 한동안 지냈지만 결국 요양원으로 모셨다. 어머니는 새집 지을 때의 도도함처럼 요양원 가시는 걸 거부했다. 자식들을 욕 먹이는 민망한 일이라 여겼다.

어머니의 마음을 단 한 번도 거스른 일 없었던 큰오빠를 그리워했으리라. 효자였던 그는 온화하고 책임감이 강했으며 가족에게 헌신적이었다. 큰오빠는 스물아홉 가을을 맞이하던 해, 급성백혈병으로 우리 곁을 떠났다. 자식을 잃으니 세상이 두렵고 부끄럽다고, 어머니는 스스로 죄인이 되어 바깥을 나가지 않았다. 몇 해 동안 농토를 등지고 진주 큰이모 댁을 오가며 마음을 의탁했다. 자리를 털고 일어났을 때 어머니의 머리는 백발이 되어 있었다.

요양원에 계신 어머니를 우리 집으로 모셨다. 당신께서는 자식들을 원망하지 않으셨다.

"모두가 잘된 일이다"라고 좋아하시며 내 손을 꼭 잡았다. 어머니의 환한 모습이 잊히지 않는다. 목욕실에 어머니를 앉히고 비누

칠을 한다. 굽은 등이 왜소하다. 짧은 머리에 거품을 낸다. 은색으로 빛나는 머리카락은 온갖 괴로움과 어려움을 견디며 묵묵히 살아온 세월의 숭고한 표징이다. 밝은 분홍색 셔츠로 갈아입히니 어머니의 얼굴에 화색이 돈다. 딸이 당신의 엄마였으면 좋겠다고 한다. '사랑은 내리사랑'이라 엄마와 딸의 역할이 바뀌면 딸에게 덜 미안할 것 같은 어머니의 심정이리라.

한평생 자식들만 보고 살아왔다. 이제는 자식들이 그 은공을 갚아야 할 텐데, '세상 부모가 자식을 위해 희생 안 하고 사는 사람이 어디 있겠냐'고. 어머니의 끝없는 사랑은 자식들의 마음을 저미게 한다.

수시로 흐려지는 어머니의 기억 속에 오직 아버지의 친서만은 살아있는 사랑의 증표이다. 아버지 편지를 낭송하는 어머니의 주름진 얼굴에 열여섯 수줍은 미소가 복사꽃으로 물든다. '어머니의 연서'는 삶의 서정이 깃든 고전으로, 훗날 어머니를 위한 사모곡이 될 것이다.

연말에 어머니와 고향 집에 다녀오려 한다. 어릴 적 설날 풍경이 아련히 떠오른다. 어머니가 떡국 끓일 가래떡을 썬다. 따뜻한 구들목에서 육 남매의 웃음소리가 떠들썩하고 사립문 밖에는 눈이 쌓인다.

어머니의 복숭아 장사

가까운 대형 할인점에 들렀더니 과일 진열대에 잘 익은 복숭아가 시선을 끌어들인다. 살며시 만지기라도 하면 손자국이 움푹 날 듯한 백도의 노르스름하고 옅은 분홍빛이 탐스럽다.

어머니는 여름 한철 복숭아 장사를 했다. 모내기가 끝나면 농촌에는 잠시 허리를 펴며 심호흡하는 짬이난다. 마을 숲속 그늘에서 이웃들이 한가롭게 낮잠을 청할 때, 어머니는 산 너머 과수원에서 떼 온 복숭아 함지박을 이고 고개 너머 마을로 팔려 다녔다. 어머니의 복숭아 장사는 동네에서도 친한 이웃 몇 사람 외에는 아는 이가 없을 만큼 소리 소문 없이 했다.

어머니가 장사해도 복숭아를 먹어 본 기억은 없다. 돌아올 때 함지박은 늘 비어있었다. 돈 대신 보리쌀이나 다른 곡식으로 물물교환을 하며 장사를 융통성 있게 꽤 잘하셨다. 복숭아 무게보다 더 무거운 자루를 이고 어둑 녘에 오실 때면 우리형제들은 마중을 나가 길목에서 기다렸다.

어머니는 요술 장수처럼 복숭아 장사를 다녀오시면 우리의 낡은 옷과 구멍이 난 가방을 새것으로 바꾸어 놓곤 했다. 그런데 두 살 터울인 막내 경이가 있었지만, 초등학교에 다니는 작은언니와 내 옷만 새 옷이었다. 언니의 옷은 풀색 셔츠였고 나는 분홍색이었다. 옷깃의 예쁜 레이스는 뜀박질할 때마다 나풀대었으며 두 볼은 달콤한 복숭아 빛으로 볼그스름하게 물들었다.

학교에서 쉬는 시간이었다. 언니가 풀색 셔츠를 입고 그네를 탔다. 아이들은 줄을 서서 순번을 기다렸다. 하늘 높이 훨훨 그네를 타는 언니의 모습을 구경하며 내 어깨에 힘이 솟았다. 언니의 예쁜 새 옷에 압도되어 아이들은 차례를 양보했을까, 키가 작은 언니는 그네를 뛸 때마다 한 마리 새처럼 날았다. 서예를 가르치며 한 우물만을 파온 언니의 강단은 그때 이미 있었다.

어느 날 저녁, 내 친구 엄마가 찾아왔다. 딸이 떼를 써서 못 살겠다고 했다. 그 이유가 재미있어 어머니는 호탕하게 웃었다.

"정란이 엄마는 복숭아 장사해서 새 옷도 사주고 가방도 사 준다."라면서 엄마도 복숭아 장사하라고 조른다고 했다. 어머니를 따라 친구의 엄마와 주변의 아낙들이 복숭아 장사를 하러 나섰지만 내 친구가 나와 같은 레이스가 달린 옷을 입었는지는 기억에 없다.

어머니의 복숭아 장사는 내가 중학교에 다닐 무렵 구안괘사로

병이 나 그만두었다.

우리 자매들은 어린 시절의 레이스 셔츠를 추억으로 가끔 끄집어낸다. 레이스 셔츠에 대한 아름다운 추억이 없는 막내다. 어머니가 만약 경이의 셔츠를 샀더라면 옅은 보라색일 것 같다. 막내에게 잘 어울리는.

어머니는 토끼띠

어머니는 혼자 있는 것을 싫어한다. 내가 잠깐 외출을 할 때도 언제 올 것이냐고 먼저 묻는다. 귀가 어두운 어머니는 내 손가락을 더듬어본다. 손가락이 하나 펴져 있으면 쉽게 끄덕이고 놓아주지만 손가락이 두 개 이상 펴지면 그렇게 많이 기다려야 하느냐고 손가락을 쉽게 놓지 않는다. 외출 중에도 어머니 생각으로 부라부랴 다녀오면 어느새 새근새근 잠들어 계신다.

머리가 눈썹을 덮는 어머니를 생각하며 예쁜 핀과 머리띠를 샀다. 토끼 모양과 꽃 수술이 달린 진달래 빛깔이다. 아이 마음을 담고 있는 어머니에게 무슨 색이 어울릴까. 많은 시간을 할애한 만큼 어머니의 얼굴이 환하게 살아난다. 선물이라고 하자, 머리에 둘러보더니 머리도 당기고 아프다며 필요 없단다. 예쁘니 너하라고 한다. 은근하게 목욕하고 머리띠를 두르자고 살갑게 청한다.

저녁밥을 준비하다 조용하여, 방문을 살그머니 열어보니 종일 잠이 도망을 가고 없다던 어머니는 새근새근 주무신다. 머리에는 싫다던 머리띠를 둘렀는데 진달래 빛 토끼 한 마리가 깡충거리며 뛰어놀고 있다. 진달래를 닮은 홍조가 어머니의 볼 위로 머문다. 꿈속에서 토끼와 술래잡기라도 하는 걸까. 따뜻하게 환한 빛이 내 몸 안으로 퍼져온다.

언젠가 나는 객지에 있는 딸에게 큰 인형이 갖고 싶다고 했다. 엄마가 어린이냐고 막 웃더니 내 생일에 두 마리의 토끼 인형을 선물로 사왔다. 마음이 허해질 때는 무언가에 기대고 싶어진다. 한낱 인형이지만 생명을 불어넣는다.

어머니는 토끼 인형을 데리고 논다. 오래 살다 보니 어머니가 태어난 토끼해에 애들이 태어났다고 신기해하며 작은 토끼 큰 토끼를 쓰다듬는다.

"얘야, 너희들이 나와 같은 토끼해에 태어났단다. 알겠니?"

어머니는 팔순 노인답지 않게 '야야'가 아닌 '얘야'라고 매끄러운 서울 말씨를 사용한다. 갑자기 어머니가 요즘의 젊은 사람 같다. 참 세련된 우리 어머니다. 마구 즐거워진다. 하하.

보드라운 서울말

아들딸이 성장하여 객지로 떠나고 남편과 둘만 있는 집은 조용했다. 친정어머니를 모셔온 뒤로 하루의 일상이 겨울철 보일러 기름이 들어오듯 후끈하다.

욕실에서 목욕을 시킨다. 온풍기를 켰더니 욕실 안이 따듯하다. 온풍기에 불이 들어오니까 "저것 봐라! 불이다." 어머니는 소리 높여 아이처럼 웃는다. 뜨거운 불이니 만지면 큰일 난다고, 어머니 귀에다 큰소리로 주의를 시킨다. 연신 알았다고 고개를 끄덕이지만 크게 무서워하는 눈치가 아니다. 어머니는 다섯 살 아이가 되다가 여든이 되기도 한다. 목욕통 물에 앉혀 요리조리 돌려가며 몸을 씻긴다. "아이 좋아라, 아이 좋아라." 아이처럼 즐거워하는 모습에서 시너지효과를 얻는다. 덩달아 기분이 좋아진다.

어머니는 물에서 금방 나가자고 한다. 등에도 발에도 따뜻한 물을 자꾸자꾸 끼얹는다. 마른 수건으로 몸을 닦는 어머니의 작은 등이 동그랗다. 농부의 반평생이 꿈틀거린다. 머리를 곱게 빗기고 몸에 로션을 바른다. 트실트실한 무릎이 금세 부드러워졌다고, 참 좋은 약이라고 딸인 내 손을 끌어 무릎에 갖다 댄다. 어머니는 약을 좋아한다. 하반신 통증으로 진통제를 한 달분을 타 놓고 하루 두 번씩 먹는다. 종일 누워서 지내는 시간이 많지만, 욕창이 생기지 않아 그나마 다행이다. 엉덩이 옆 부위에 생긴 거무스레한 부분에 신경을 써서 마사지해드린다. 예전의 활력 넘치며 낭만적인 모습을 모처럼 본다.

어머니가 점점 익살스러운 아이가 되어 간다. 나도 어머니와 한패가 된다. 어머니를 부를 때는 "엄~마~" 하고 한 옥타브 올려서 길게 빼서 서울 말씨를 흉내 낸다. 나의 목소리에 솔깃해진 엄마는 좋아라고 아이가 되어 하하 웃는다. 처음에는 엄마가 기분이 가라앉아 있으면 다독이려고 해본 어투였는데 환히 웃으시는 모습이 좋아 습관처럼 보드라운 말씨를 흉내 내고 있다. 어쩌다 객지에 있는 딸이 오면 신파극을 보는 것 같다며 재미있어 한다.

어머니가 큰언니 집에 있을 때였다. 셋째 딸의 다정한 목소리가 그리워 열 손가락을 꼽았다. 눈치 없는 아이는 주인의 눈 밖에 났다. 큰언니는 짐보따리와 함께 어머니를 보냈다. 어머니는 서울 본토박이의 말씨를 신물이 나도록 들었을 테지만 정작 나의 보드라운 서울 말씨를 좋아했다. 굳이 구실을 찾자면 고향산천 가까이서 숨을 거두어 아버지 곁인 선산에 묻히고 싶다는.

어머니의 빈집

　오랜만에 들른 친정집인데 무성하게 자란 잡풀이 주인의 부재를 알린다. 집안은 다행히 말끔하다. 부엌방 냉장고는 켜져 있고 각 방문은 바람이 통하게끔 반쯤 열어 놓은 상태로 있다. 눈에 익은 꽃무늬 다홍색 이불이 옥 장판 위에 반듯하게 깔려 있다.

　어머니는 일흔아홉 연세에도 텃밭을 일구며 매사에 활력이 넘쳤다. 그해 봄, 집 짓는 일을 직접 일러 시키며 일꾼들의 새참을 신바람 나게 준비하였다. 그들도 호흡을 맞추며 두 몫으로 일했다. 붉은 벽돌 양옥집이 완공되었을 때 벅찬 감동은 이루 말할 수 없었다. 마당에는 거름 무더기가 사라지고 어머니가 좋아하는 백합과 매화나무, 목련을 구해다 심고 담장 위로는 덩굴장미를 올렸다.

　어머니는 텃밭에서 일하다 들어올 때면 흙 묻은 신발은 계단 아래서부터 벗곤 했다. 집 구경을 오는 마을 사람들도 자연스럽게 어머니의 신발 옆에 나란히 벗었다. 민망하여 손을 잡아끌면 그들은 손사래를 쳤다. 이웃들은 새집을 둘러보며 어머니의 수고와 애씀에 칭찬을 아끼지 않았다.

어머니의 새집에서 빛나는 전성기는 삼년을 못 넘겼다. 처음 병이 났을 때 곧 일어나시겠지, 지금까지 그러셨듯 우리 집안의 버팀목으로 그 자리에 묵묵히 서 있을 줄로만 알았다. 어머니에게 좀 더 신경을 썼더라면 예전의 모습으로 유지되지 않았을까 하는 후회가 마음 언저리에 남는다.

여름 장마가 지나간 뒤, 몸이 불편한 어머니를 모시고 고향 집을 찾은 것이다. 마당 가 잡초는 웃자라 목련과 매화나무를 뒤덮으며 지붕을 향해 뻗어있었다. 심란한 마음으로 허둥지둥 풀을 벴다. 마당이 훤해질 즈음 이마의 땀방울을 훔쳐내며 다소 마음이 누그러졌다. 예전의 어머니라면 다리를 끌고라도 먼저 낫자루를 잡으며 '남부끄러운 일'이라고 했을 것이다. 그때의 기상 넘치던 어머니 모습은 어디로 다 가고 아흔을 눈앞에 바라보는 쇠잔함만이 죽음의 경계선을 넘나들고 있다.

지하 창고에는 어머니의 손때 묻은 농기구들이 주인을 기다리며 잘 정돈되어 있다. 어머니의 분신과 다름없는 농기구들이야말로, 당신께서 아직 온전하다는 것을 믿고 싶지만 언젠가 놓아 버려야 할 동아줄임에 애달프다. 젊은 시절, 자식들을 바라보며 호밋자루와 함께했던 세월을 어떻게 한순간이라도 잊을 수 있을까.

병석에서 이따금 '농사를 한 번만 더 지어봤으면 소원이 없겠다'고 입버릇처럼 말씀했다. 짙어가는 병색은 의욕도 희망도 사위어 갔다.

어머니의 기억속에는 새집의 정경이 선명하다.

'대문을 열면 뒤란 모퉁이에 지붕 높이 올라가는 단풍나무가 있고 봄이면 목련과 매화, 복숭아꽃이 핀다. 현관문을 열면 부엌의 냉장고가 보인다. 군불을 지필 수 있는, 작은 방의 유리 책장 속에는 돌아가신 아버지와 큰오빠 사진이 나란히 있다.'

자식들 손자 손녀 이름도 깜박거려 애를 태우기도 하지만, 고향 집 정경만은 눈을 감고도 환하다.

아득한 시간은 추억 따라 머문다. 감자를 심는 이른 봄이었던가. 단잠에 취해 있는 새벽이면 어머니의 대포 소리 같은 큰 목소리에 잠을 깬다. 카랑한 음성은 이불을 관통한다. 딜 깬 잠으로 얼떨결에 부엌으로 튀어나온다. 미처 정신을 차릴 새도 없이 철퍼덕, 무쇠 솥뚜껑에 주저앉다 차가운 감촉에 놀란다. 얼음 조각처럼 매서웠던 어머니의 호령이 아련하다.

장독대 옆 작약 꽃송이가 잡풀 속에서 함초롬히 고개를 내밀고 있다. 지난해 유월 어머니와 다녀간 뒤 거의 일 년 만이다. 장마가 오기 전 웃자란 풀을 베어낸다. 뒤란에서 남편이 밀짚모자를 곧추세우며 땀방울을 훔쳐낸다. 담장 위에 붉은 덩굴장미가 탐스럽다.

부재중인 어머니에게 완연한 봄을 보여주고 싶다. 장독대의 작은 항아리를 씻어 장미꽃을 한아름 꽂아 마루로 옮겨 놓는다. 어머니가 예쁘게 건조된 꽃을 다시 볼 수 있도록.

어머니는 살아생전 '재각'으로 새집을 지어 염원을 이루었으니 여한이 없다고 했다. 자식들은 '어머니의 새집'을 재각으로 잘 지키는 일이 도리일 것이다. 이제, 고향 땅 지아비 무덤 옆에 당신의 몸을 뉘고 싶은 것이 마지막 소원이다.

계절이 바뀌고 있다. 따뜻한 봄이 오면 어머니를 모시고 한동안 고향에서 지내려고 한다. 닫힌 창문을 활짝 열어 어머니와 함께 새봄을 맞이할 수 있을지.

어머니의 빈집에 봄이 오기를 기다린다.

어머니와 게발선인장

게발선인장이 붉은 꽃망울을 터트리며 서리꽃이 핀 거실 유리창을 환하게 밝힌다.

그해 겨울, 거창의 친정에 가는 길이었다. 오후부터 내리던 가랑비가 산청을 지나면서 진눈깨비로 변했다. 쌓이는 눈으로 길은 점점 미끄러워져서 늦은 밤이 되어서야 겨우 도착했다. 딸과 사위를 보자 마음을 놓는 어머니의 등 뒤로 게발선인장의 선홍색 꽃봉오리가 화사하게 우리를 반기며 추위를 가시게 했다.

어머니와 생명력이 강한 게발선인장과는 궁합이 맞았다. 가을걷이가 끝나고 숨 고르기를 할 즈음에 싱싱하게 꽃봉오리를 맺곤했다. 집으로 올 때 몇 줄기 가져와서 청색 자기 화분에 심었더니 튼실하게 뿌리를 내렸다.

두 해전, 이맘때 어머니가 우리 집에 계셨다. 선인장의 붉은 꽃망울이 점점이 피어올랐다. 추위에 아랑곳없이 화사하게 핀 꽃

송이가 신비롭고 정겨웠다. 창문가에 있던 화분을 마루 가운데로 옮겨 놓았다. 평소 안목이 높은 어머니에게 자리가 적당한지 물으니 '집안이 환하다'라며 기뻐했다. 겨울의 찬 공기와 어우러져 꽃을 피우는 강건함이 좋아서일까. 어머니는 게발선인장을 좋아했다.

그런데 어머니가 화장실을 드나들 때마다 신경이 쓰였다. 혹여 밤에 불편한 다리로 화분을 피하다가 머리라도 부딪히면 어쩌나 불안했다. 거실을 오가며 '참 좋다'고 흐뭇해하셨지만 이틀 만에 화분을 다시 창가로 옮겼다.

어머니에게 필요한 소소한 용품을 사러 시장에 들렀다. 혼자 있을 어머니를 생각하며 서둘러 현관문으로 들어서다가 깜짝 놀랐다. 거실에서 선홍색 꽃이 넌출거리며 벙글벙글 웃고 있었다. 선인장 화분이 거실 한가운데에 반듯이 놓여 있는 것이 아닌가. 당신 몸도 가누기 힘든데 어떻게 마루로 무거운 화분을 옮겨 놓았는지 어안이 벙벙했다.

어머니가 걸음을 걸은 지가 오래되어 화장실이나 집안 곳곳을 항상 기어다녀야만 했다. 가쁜 숨을 몰아가며 화분 밑으로 큰 수건을 밀어 넣어 조금씩 끌어오는 모습이 상상된다. 얼마나 애를 썼던지 하반신이 흥건했다. 그날 저녁 허리에 파스를 몇 장씩 붙이고도 밤새도록 끙끙 앓았다.

어머니와 함께했던 지난 세월이 그리움으로 다가온다. 시집간 딸애가 해산달이 다가와 한 달쯤 집을 비워야 했다. 서울 큰언니 집으로 거처를 가실 때 고향 가까이서 있고 싶다면서 우리 집을 떠나기 싫어했다. 된장국 하나만 끓여 놓으면 혼자 밥 챙겨 먹고 있겠다는 어머니에게 말도 안 되는 소리라고 나무라기만 했다. 어머니는 고향 집에서, 자식들이 다 모였을 때, 하루아침에 죽으면 좋겠다고 입버릇처럼 말했다. 큰언니 집에 계시면 한 달 뒤에 모셔 오겠다며 어머니와 한 약속은 돌아오지 않는 메아리로 남았다.

시월 끝자락, 어머니는 새벽녘에 가쁜 숨을 몰아쉬면서 생을 마감하고 있었다. 제 앞가림에 바쁜 자식들은 어머니가 운명하실 때 옆에서 손조차 잡아 드리지 못했다. 자식들이 지켜보지 못한 채, 어머니 저세상 가시는 길이 얼마나 외롭고 쓸쓸했을까. 어머니는 요양원에서 아홉 달 만에 홀연히 이 세상을 떠나가셨다.

어머니의 빈집에 영구차가 왔다. 영정 사진 속에는 검은 머리에 젊은 모습의 어머니가 웃고 있다. 집 안 구석구석 둘러본다. 옥장판, 흰 고무신, 가을이면 들국화를 꽂았던 빈 항아리, 눈을 감고도 환한 그리운 정경에 잠시 눈길이 머문다.

어머니는 소원대로 평생 꿈이셨던, 아버지와 합장을 했다. 세상을 떠난 지아비를 평생 그리워하다 돌아가셨다. 묘지 앞 상석에는 두 분의 이름과 함께 자식들 이름을 새기는 것으로 뿌리의 흔적을 남겼다.

어머니가 떠난 빈자리는 상실감으로 아름드리나무가 뿌리째 뽑혀 나동그라진다. 며칠만 시간을 다시 돌려준다면, 백발 얼굴에 따뜻한 두 볼을 마주 비벼보고 싶다. 요양원에서 못했던 천 기저귀를 뽀송뽀송하게 채워드리고, 통증에 못 이겨 약을 사탕 먹듯 졸랐던 소원을 풀어드리고 싶다. 돌이킬 수 없는 그리움이 천근만근 내 안에 쟁여온다.

대림절 고백성사를 보면서 어머니를 떠나보낸 슬픔을 추스른다. 어머니의 영혼이 이 세상 수고로움을 다 내려놓으시고 천국 낙원에서 영원하시기를 묵주기도로 성모님께 청한다.

창문가 게발선인장이 해바라기를 한다. 한평생 자식들이 온전히 뿌리내릴 수 있도록 밑거름이 되어 주셨던 어머니가 무시로 그립다. 돌아오는 봄에는 분갈이하여 튼튼히 뿌리를 내리게 해야겠다. 어머니 거처 문제로 잠시 불편했던 동기간들에게 살가운 마음으로 화분을 선물로 보내야겠다.

하반신을 바닥에 밀며 수건으로 게발선인장을 거실로 옮기시는 어머니의 모습이 어른거린다. 다시, 화분을 거실의 중앙 탁자 위로 옮겨 놓는다.

어머니의 텃밭

화단의 매화나무에 꽃봉오리가 맺었다. 겨울잠을 자던 개구리가 놀라서 깬다는 경칩이 지나고 봄기운이 돌아 새싹이 꼼지락거린다. 이즈음 농부들은 봄갈이를 준비한다.

오늘은 비가 오겠다고, 일기예보에 남편의 마음이 바빠졌다. 흙이 질퍽해지기 전에 농기구 센터에서 관리기를 빌려 밭갈이를 한다. 농사일에 익숙하지 않아 농기구를 다루는 일도 만만찮다. 바퀴를 칼고리로 바꿔 끼우고 겨우내 얼었던 밭을 갈아엎으려니 영 서툴다. 반나절쯤 지났을까. 드디어 밭이랑이 만들어지며 그럴듯하다.

남편이 대수술하고 나서 몸과 마음을 굳건하게 가다듬으려고 시작한 일이다. 어정잡이 농사꾼이지만 온 힘을 다해 이랑을 만드는 남편을 보면서 새삼 돌아가신 친정어머니를 떠올린다. 한평생 농사만 지으셨던 어머니는 돌아가시는 몇 년 동안 누워 계셨다.

'병든 주인이 일꾼 아홉 몫을 한다.'는 평소 말씀처럼 어머니를 모셔 올 수만 있다면, 힘찬 기운으로 온갖 일을 일러 주실 것 같아 간절한 마음이다.

햇살이 환하게 쏟아지던 어느 봄날, 대여섯 살 아이는 하얀 꽃에 정신이 팔려 밭 한가운데 우두커니 서 있었다. 어머니가 보이지 않아 텃밭까지 나왔다. 흐드러진 감자 꽃이 낯설도록 호젓한 쓸쓸함을 주었다. 난데없이 날아온 똥파리 한 마리가 윙윙거리며 적막함을 깨트렸다. 난생처음으로 느낀 혼자라는 외로움이 오래도록 머리에서 떠나지 않았다. 감자 꽃이 하얗게 피었던 텃밭은 또래를 찾던, 사회성에 어슴푸레 눈뜨던 시기였을 것 같다.

어머니의 텃밭은 이채로웠다. 감자 철이 지나면 고구마 넌출이 뻗어나고 무 배추가 빼곡했다. 저만치 밭둑 가장자리에 하늘 높이 솟은 밤나무와 감나무는 바람결에 열매가 익어갔다. 다람쥐처럼 나무 타기를 잘하는 큰언니가 어쩌다 감나무에 오르면 홍시를 맛보곤 했다.

어려운 살림이었으나 텃밭에서 땀을 쏟아낸 정직한 소출은 어머니의 장바구니가 되어 특히 육 남매의 학비에 보탬이 되었다. 이른 아침부터 밤톨을 까며 밤새 아랫목 이불 속에서 잘 삭은 감을 고르는 일은 온 식구가 마음을 한데 모으는 시간이었다.

자식들이 하나둘 둥지를 떠날 무렵 텃밭에도 변화가 왔다. 어머니는 병충해 때문에 유실수를 베어 버리고 뽕나무를 심어 누에를 치는 데 힘썼다. 텃밭의 키 작은 뽕나무는 한결 잎을 따기도 쉬웠다. 막내가 결혼하여 미국으로 이민 갈 때였다. 봄누에를 치는 계절이라 잠시도 자리를 비울 수가 없었다. 오죽했으면 이듬해에 뽕나무를 모조리 베어 버렸을까.

"아프지 말고 자주 연락해라."

글썽한 눈으로 공항에서 막내딸을 껴안으며 이별을 했어도 아플 마음이었다. 하물며 읍내 주차장에서 황망히 보냈으니 두고두고 어머니의 가슴을 아프게 했다.

뽕나무를 베어낸 자리에 고추 모가 심어졌다. 밭고랑은 풀 한 포기 없이 옥토로 가꾸어져 어머니의 강건한 모습을 고스란히 담아냈다. 막내를 보내고 가을볕에 익어가는 붉은 고추를 자식을 사랑하듯 대했다. 하우스 볕에 잘 말린 고추는 시장에 내다 팔아 푼푼이 적금 통장을 만들었다. 팔순을 한 해 앞둔 봄, 낡은 기와집이 허물어지고 빨간 이층 벽돌집을 올려졌다. 어머니의 강직함은 우리를 경탄하게 했다.

마루가 사라진 새집을 쓸고 가실 때마다 어머니는 막내 생각에 젖었다. 낡은 마루를 닦으며 거무튀튀하여 빛이 안 난다고 탓하던 아이였다. 어머니 돌아가시기 전, 두 모녀는 미국과 한국을 오갔다. 당신께서는 그간의 안타까운 마음을 조금이나마 풀었으리라.

어머니는 일찍이 아버지의 본향에 둥지를 틀었다. 서른여섯에 홀로되어 호밋자루 잡는 법부터 익히며 농사일을 시작했다. 병상에서 거칠어진 손바닥에 뭉개진 손톱이 본살로 돌아왔지만, 이마에 큼직하게 저승꽃 하나 새기고 아버지가 계신 하늘나라로 가셨다.

주인 없는 빈집 돌담 위로 노란 개나리가 고갯짓을 하는데 어머니의 텃밭은 묵정밭이 되어간다. 첫해는 들깨 농사를 지었지만, 지난해부터는 비워두었다. 대도시에 있는 형제들은 텃밭을 가꿀 만한 여력이 없다. 요즘 고향을 지키며 농사를 짓는 이들은 대부분 노인이다. 농부가 사라지는 시골 논밭은 해가 갈수록 잡풀로 무성하다. 어머니의 땀방울이 스며든 텃밭이 묵정밭으로 변해가니 애를 태운다.

텃밭은 어린 시절의 고향이다. 텃밭을 기름지게 가꾸었던 어머니의 강건한 정신을 이어가지 못하여 죄송스럽다. 유실수를 심을지, 도라지를 심어야 할지 고민하며 묵묵히 마음 밭에 호미질 한다.

어머니의 기도

어머니는 말끝마다 하느님께 기도를 드립니다.

"하느님, 우리 사위가 밥상을 들고 들어왔습니다. 착하고 선한 사람입니다. 우리 사위 복 많이 주십시오. 이 죄 많은 노인을 촛불 가듯이, 짚불 가듯이 사르르 가게 해 주세요."

내가 집에 없는 동안 어머니는 사위의 밥상을 받았나 봅니다. 말 없는 사위를 두고 어머니는 부처님 같은 사람이 우리 집에 하나 있다고, 사귀어보니 그렇게 좋을 수가 없다고 합니다. 사위의 손을 빌려 열 손가락 침을 맞고 밥상까지 받았으니 성인군자가 따로 없나 봅니다. 그동안 뒤에서 죽을 끓여대던 사위의 노력이 있었기에 공치사를 받는 것만은 아닙니다. 죽에 관심이 없던 어머니에게 사위의 모습이 비로소 반짝반짝 보입니다.

어머니와 사뭇 진지하게 큰 약속을 합니다. 매 순간 우리 착한 사위에게 복 많이 내려 주시라고 기도하는 어머니에게, 하늘나라에 가면 사위의 사업을 잘 풀리게 하느님께 꼭 전해 달라고 당부합니다. 어머니는 당연하다는 듯이 "그럼, 그렇고 말고"라고 상당히 고무된 목소리로 엄숙하게 약속합니다. 어머니의 맹세가 얼마나 두텁던지 제 마음 천근 무게가 있다면 다 쓸어가고도 남을 태세입니다. 오직 부모만이 자식에게 줄 수 있는 내리사랑, 뜨겁디 뜨거운 마음입니다. 우리는 긴 여행을 떠나는 사람처럼 깊고 다정한 포옹을 합니다. 새끼손가락을 걸며.

오늘 같은 날은 어머니가 그립습니다. 하늘나라에서 평안하신지요. 덕분에 이곳은 모두 잘 있습니다.

이루지 못할 약속

어머니는 일흔아홉에 평생 숙원 사업이었던 새집을 이층 양옥으로 지었다. 집을 지을 즈음 자식들은 어머니의 건강을 걱정했다. 큰언니의 반대가 제일 컸지만 군걱정이었다. 어머니는 새집을 먼지 한 톨 없이 쓸고 닦고 가꾸며 행복해했다. 비록 삼사 년의 짧은 사랑이었지만 그 순간은 너무 소중하여 삼사십 년의 세월과 맞먹는 시간이었다. 죽어도 여한이 없게 집 한 칸 짓는 일이 소원이었으며 새집이 조상들의 재실로, 자식들의 휴식 공간으로 사용되길 원했다.

평생 마음에 담아 두셨던 일을 이루시고는 마음을 놓아 버린 것일까. 어머니의 건강은 어느새 약해져 그동안 가꾸던 텃밭을 이웃에게 내주며 도조를 받도록 가닥을 지어갔다. 이따금 앓아누워도 곧 털고 일어났으나 이번에는 달랐다. 점차 도랑가 출입이 어려워졌고 자식들 집으로 거처를 옮겼다. 병원을 드나들며 입원을 하면서 맏딸이 책임지고 보살피기로 했지만, 어머니가 있을 곳은 딸들 집도 혼자 사는 외아들 집도 아니었다. 어머니의 요양원 생활은 그렇게 시작되었다.

하루도 거르지 않고 전화를 했다. 활력이 넘치던 어머니 특유의 음성은 찾을 수 없고 정신이 나간 멍한 목소리만이 전화선을 타고 들려왔다. 삼 일째 되는 날에는 사람을 못 알아보는 듯했다. 가까이 있는 큰언니가 병문안하러 가도 외면을 했다. 평생 후회할 일을 해서는 안 될 일이었다. 이십일 만에 어머니를 모시러 갔다. 어머니의 마음은 집 잃은 아이가 엄마를 찾듯 새털처럼 가벼운 마음으로 날아올랐으리라. 약간 상기된 얼굴로 '일이 잘돼서 다행이다'라고 좋아했던 모습이 잊히지 않는다. 한동안 서로 의지가 되었던, 같은 방의 노인들에게 건네는 위로의 목소리는 개선장군이 되어 돌아가듯 기운찼다. 그동안의 원망은 사라지고 안도하는 마음이라 그저 죄송하고 민망할 뿐이다.

어머니가 오신 지 석 달이 되어가고 있다. 여름내내 차가운 얼음을 입에 달고 지냈다. 처음에는 가게에서 사다 나르다 어머니의 입맛을 터득한 뒤로는 집에서 얼음을 만들었다. 우유에다 초콜릿을 넣은 얼음을 만들기도 하고 싫증을 내면 좋아하는 커피도 조금씩 더 넣기도 한다. 어머니는 열 손가락을 흔든다. 세상에서 이런 맛은 처음 먹어본다고 한다. 어머니의 입맛만큼 옆에서 신이났다.

어머니를 모시자면 요양보호사 교육과 자격증이 필요했다. 어머니를 서울 언니네로 보내기로 하고 두 달간의 수강 신청을 했다. 어머니가 서울로 가실 무렵이었다. 며칠 전부터 손발을 떨고 밤새도록 잠을 못 주무셨다. 서울이 싫단다. 자꾸만 시골집으로 가서 요양보호사 오면 안 되냐고 묻는다. 어머니는 환경이 바뀌면서 새로운 환경에 적응해야 하는 불안인지 두려움에 찼다.

어머니 모습에서 낯설지 않는 오래전 나의 모습이 묻어온다. 고등학교 때였다. 집안의 가장 역할을 하던 큰오빠가 돌아가셨다. 갑자기 가정 형편이 어려워져 도시의 큰이모 집으로 전학을 왔다. 이모 집은 풍요로웠고 가족들도 선하고 따뜻했다. 이모부님과 이종들은 직장 따라 한 해 주기로 집으로 들어왔다. 나와 동갑인 이종 자매가 먼저 왔고 이모부와 군복무 중이던 이종오빠가 차례로 들어와 조용한 집안은 대가족이 되었다. 식구가 한 사람씩 늘어날 때마다 새로운 가족들과 어떻게 적응해야 하는지 가슴이 떨리는 불안 증세에 시달렸다. 걱정할 일은 전혀 일어나지 않았지만, 미리 걱정하는 나의 소심증은 사라지지 않았다. 아이처럼 여린 가슴을 가진 어머니만큼은 불안 증세에서 벗어나도록 해드리고 싶었다.

어머니는 보름 전부터 손꼽고 기다렸다. 서울의 큰언니가 손맛이 매워 삼시 세끼 밥 잘 챙겨 주지만, 편한 곳은 고향 가까이 있는 셋째 딸인 우리집이다. 아파트 문을 들어서자 "나 데리고 가라"고 한다. 모시러 왔다고 해도 돌아서면 똑같은 말이다. "나 데리고 갈 거제?" 따라다니며 묻는다.

늙고 힘없는 이들에게 주변에서는 요양원을 권한다. 집에서 부모님을 모신다면 "왜 요양원에서 모시지 않고?" 환자도 가족도 편하게 살아야 하지 않느냐고 반문한다. 상황에 따라 다르겠지만 어머니를 요양원에서 우리집으로 모셔온 것은 어머니의 말씀처럼 참 잘한 일이다. 요양원에 계시는 것을 원하지 않았던 일이었기에 더욱더 그렇다.

어머니는 동짓달 그믐을 넘기면 여든다섯이다. 어머니의 마음을 다치지 않게 곁에서 모시는 길이 내가 수양해야 할, 삶의 자세이자 내적 승화라고 생각했었다.

어머니는 구순의 연세에 세상을 하직했다. 돌아가시는 그해 가을 큰언니 집을 거쳐, 다시 요양원에 가신 지 여덟 달 만이었다. 이루지 못한 어머니와의 약속이 내 안에 가을비 되어 흐른다.

02

나만의 다락방

물렁물렁하게 잘 익은 복숭아 한 상자를 들여놓고
어머니를 그리워한다.
한 가지 소망을 말하라면
어머니와 단 열흘 만이라도
함께 지내고 싶은 간절한 마음이다.
친정집에서 보낸 열흘은
생명의 끈으로 묶여졌던 모녀간의 정을
홀연히 끊고 사라져가는,
어머니가 보내는 이승의 마지막 여름이었다.
−〈시간 속으로〉 중에서

다르다는 것

주부라면 누구나 음식 잘하는 것을 부러워한다.

나의 경우, 딱히 음식을 잘한다고 은근슬쩍 말한다면 진짜 음식 맛을 잘 아는 우리 딸애가 슬며시 웃을까 봐서 잘난 체를 할 수 없다. 딸애의 입맛은 엄마보다 아빠 쪽을 더 닮았나 보다. 국물이나 나물 무침 하나에도 양념이 얼마나 더 들고 안 들어갔는지 입맛으로 훤히 읽어낸다.

돌아가신 시어머니는 입맛이 특별했다. 소식小食을 하시는 분이라 음식을 맛있게 드신 적이 별로 없다. 잘 드시는 음식보다는 못 드시는 음식이 더 많은 걸로 기억된다. 어머니는 돼지고기와 비린내 나는 고등어도 싫어했기에 어떤 상황에서도 아침상에 올리지 못하였다. 비위가 약하여 삼복더위에 몸보신으로 보신탕 먹는 건 아예 엄두를 못 냈다.

고향이 시골인 나는 진주에서 고등학교에 다니면서 조개와 석화를 처음 구경할 만큼 바다와는 거리가 멀게 살았다. 남편은 시

어머니의 고향 바닷가를 떠올릴 만큼 생선을 좋아한다. 한솥밥을 먹은 지 삼십 년이 넘다 보니 그런대로 나의 식성도 남편의 입맛과 희석이 되었다.

먹는데 별반 취미가 없는 나로서는 명절에 생선이라도 들어오면 죽을 맛이다. 일일이 손질하여 신선도를 잘 유지해야 하는데 조금만 싱싱함이 떨어져도 남편의 젓가락은 물고기에서 멀리한다. 조금 물거리가 상해도 별반 모르고 먹는 나의 식성과는 딴판이다. 생선의 눈은 붉고 비늘이 반짝이고 푸르게 빛나야 좋다는데 요리를 하면 남편의 코는 벌써 냄새로 맛을 알고 있으니 아내는 기운이 빠질 수밖에 없다.

남편은 시아버지의 식습관을 빼닮았단다. 학을 떼는 일은 눈만 뜨면 밥을 먹어야 하니 시계의 분침과 같다. 꼭 정해 놓은 시간이면 어김없이 밥상에 앉아 밥을 먹어야 한다. 남편과의 냉전은 항상 먹을거 때문이다. 단 몇 분이면 우아한 밥상을 놓고 식사를 할 수 있는 일을 그 몇 분을 참지 못한다.

시어머니가 계시고 아이들과 같이 있을 때만 해도 남편의 행동이 별로 티 나지 않았다. 그때만 해도 젊은 며느리, 아내로 불평할 줄 모르고 빠르게 움직였으니 탈이 없었다. 시어머니가 돌아가시고 아이들이 커서 집을 떠나자, 먹는 음식도 줄어 자연히 게으른 주부로 전락하고 말았다. 남편의 좋은 식성도 어느새 밥 한 공기 먹어내지 못하게 줄어들었다. 나 혼자 먹자고 음식을 만드는 일은 귀찮아져서 제대로 음식에 신경을 안 쓰는 꼴이 되어버렸다. 한데, 남편의 식습관은 변하지 않아 아내를 닦달하곤 한다. 아침에 눈 뜨면 밥을 먹어야 하는 남편 때문에 은근히 부아가 난다. 밥한 술 먹자고 사람을 혼비백산하게 하고는 정작 남편의 정량은 밥 한 주걱정도다.

가끔 시어머니를 떠올리며 넌지시 웃음이 나온다. 며느리에게는 까다로운 식습관을 스스럼없이 나타내셨지만, 젊은 날 시아버님의 식성을 좇아 눈만 뜨면 김치 국밥을 끓여댔으니 남편 시집이 오죽했으랴. 괜스레 남편에게 부대끼는 날은 돌아가신 시어머니께 위로라도 받고 싶다.

남편에게 소주 먹는 법을 배웠다. 술 먹는 사람이 없는 친정이라 술과는 거리가 멀었다. 남편은 술을 즐기는 편은 아니지만 사업상 마시는 터다. 장거리 출퇴근으로 집에 오면 피곤하니 가끔 반주를 찾는다. 아내가 술친구가 되지 못해 재미가 없으니 어쩌랴. 술도 음식이라 생각하고 한 잔씩 마신다. 단맛의 묘미는 못 느끼지만.

밥숟가락을 들고 있는데 먹는 속도가 빠른 남편은 포만감이 오는지 이내 숟가락 놓고 은행 알까지 구워서 방으로 들어간다. 숟가락을 놓기 바쁘게 마뜩찮은 표정으로 방문을 화르르 연다. 그가 은행알을 내민다. 전혀 사심이 없는 덤덤한 얼굴이다. 서로 '다르다'는 것을 확인하는 순간이다.

우아하게 밥상을 차려 함께 먹는 일은 어려운 일일까.

은총이

차가운 바람이 뒷문을 덜컹거릴 때마다 녀석이 마음에 걸린다. 아니나 다를까. 바깥으로 나가는 다용도실 뒷문에 얼굴을 바짝 붙이고 엉거주춤 서 있다. 유리문을 통하여 주인의 기척을 느꼈는지 낑낑거리며 발길질을 해댄다.

은총이를 처음 봤을 때다. 성당 입구 벽면에 지금까지 보살펴온 내용을 적은 종이가 붙어 있었다. '예방 접종한 지 50일 되었습니다.' 짧막한 벽보 앞에 밥그릇으로 쓰였던 접시와 작은 사료 봉투가 놓여 있었다. 태어난 지 두 달 때쯤으로 하얀 털에 갈색 반점이 있는, 비쩍 말라 부실해 보였다.

수녀님이 '은총이'라는 이름을 지어 마당이 있는 우리 집으로 데리고 왔다. 왕방울처럼 툭 튀어나온 눈은 보기에도 겁이 많아 수런대는 소리에도 박스 안으로 곧장 몸을 숨긴다. 은총이를 안아 본다. 기가 잔뜩 죽은 작은 몸을 더욱 웅크린다. 며칠은 주변을 경계하며 박스 속에서 잠을 잤다. 예전의 백구가 사용하던 큰 개집이 마당 귀퉁이에 있건만 거들떠보지 않고 박스 안에 들어박혀 있다.

은총이는 시간이 지날수록 밥그릇도 말끔히 비워냈다. 살이 오르고 키가 한 뼘씩 자라면서 자신의 공간도 넓혀갔다. 아침에 일어나면 한차례 태풍이 지나간 듯 주변은 난장판이 되었다. 현관의 신발은 물론, 뒤뜰의 남새밭은 녀석이 함부로 짓이겨 놓아 초록빛을 잃어갔다. 아무 데서나 일을 보는 습관 때문에 냄새에 민감한 남편은 말할 것도 없고 무던한 편인 나도 괴롭기는 마찬가지였다. 시간이 갈수록 녀석의 뒤를 따라다녀야 하는 수고가 늘어나자 점점 스트레스가 쌓였다. 강아지를 보낼만한 곳을 알아봐야 했다. 막상 농장에서 연락이 오자 녀석에게 눈총을 주던 남편이 주춤거렸다.

"일 년 정도 지나면 철이 든다는데?"

그동안 쌓은 정을 무 자르듯 단박에 어찌할 수 없다는 태도이다.

추위가 아직 꼬리를 무는 아침나절이었다. 언뜻 보기에 허수아비가 새를 쫓듯, 은총이가 절뚝거리며 앞다리를 치켜들고 두 발로 서서 뛰어온다. 순간 가슴이 철렁했다. 녀석을 붙들고 발바닥을 들여다봐도 어디가 아픈지 종잡을 수가 없다. 몸까지 으스스 떤다. 털실로 짠 반팔 셔츠를 입혀본다. 그동안 성가셨던 마음은 사라지고 착잡한 마음은 물 위의 수련처럼 수심으로 찰랑거린다.

은총이가 마당을 오락가락한다. 하루 전 접질렀던 다리가 말짱하다. 어느 때보다 반색을 하며 흰털을 쓰다듬어본다. 주인의 마음을 아는지 선무당처럼 날뛰던 녀석도 이제 철이 들어갔고 어느새 한 식구가 되었다.

은총이에게 친구가 생겼다. 여름휴가를 낸 딸애가 친정에 오면서 털이 고운 포메라니안 빵이를 데려왔다. 빵이는 세모꼴 걸음걸이를 하며 한 발 한 발 움직일 때마다 하얀 털이 눈부시게 아름다웠다. 은총이와는 본디 태생이 다르듯, 마루의 방석 위에서 앞발을 우아하게 접으며 말린 베이컨을 간식으로 먹었다. 은총이는 덤으로 하나씩 던져주는 베이컨으로 만족해야 했다.

갓난아기인 손녀의 호흡기 질환이 걱정되어 빵이의 자리가 마당으로 옮겨졌다. 빵이는 부드럽고 아름다운 생김새와는 달리 앙칼지고 이기적이었다. 간식을 먹을 때는 은총이를 경계하며 제 몫을 챙겨 쏜살같이 옥상으로 도망치곤 했다. 은총이는 이제껏 주인 곁을 맴돌며 제 밥그릇에 연연하지 않았다. 하지만 빵이가 녀석의 밥그릇에 욕심을 낼 때부터 한 치의 양보도 하지 않고 두 놈이 치열하게 밥그릇 싸움을 하였다. 빵이가 귓등에 피를 흘리면서 서열 다툼은 끝이 났다. 자세를 한껏 낮춘 빵이는 은총이 뒤에서 쫄랑쫄랑 따라다녔다. 우아한 털이 거무죽죽하도록 쏘다니며 수시로 은총이 밥그릇을 노리긴 했지만 '굴러온 돌이 박힌 돌을

빼내는' 일은 일어나지 않았다. 동물병원에서 매끈하게 털을 자른 빵이는 은총이와 작별하고 한 달 만에 용인의 제 집으로 돌아갔다.

은총이가 새끼를 가졌다. 머잖아 어미가 된다. 아무 데나 잠을 자던 녀석이 신기하게 어느 날부터 짚이 깔린 백구의 나무집에서 잠을 청한다. 사료를 보충하고 개집의 허술한 곳을 단속한다. 곧 태어날 새끼를 생각하며 따뜻하고 안전하도록 은총이가 몸 풀 자리를 마련한다.

어미와 떨어져, 버려졌다는 마음이 얼마나 낯설고 불안했을까. 말 못 하는 동물이지만 은총이는 두려움을 몰아내고 우리 집에서 안정을 찾고 어미가 되는 것이다. 잘 견뎌내고 극복한 녀석이 고마울 따름이다.

은총이가 대문 여는 소리에 쏜살같이 계단을 뛰어 내려온다. 반가워서 코를 킁킁거린다. 머리를 들이대다 꼬리를 흔들며 앞질러 올라간다. 녀석의 충직함에 단단한 결속력을 느낀다. 성가시고 불편했던 긴 시간이 지나가고 한 식구로 거듭나는 요즘이다. 우리는 서로에게 길들어 간다. 공감대에서 오는 풍요로운 기쁨이다.

맑은 가을 햇살을 받으며 은총이가 들깨 마당에 새 떼를 쫓는다. 킁킁.

시간 속으로

　인터넷이 수시로 늑장을 부린다. 시커먼 화면은 알 수 없는 영문체로 가득하더니 아예 멈춰버렸다.

　서비스 센터에 연락했더니 컴퓨터가 오래되어 '시계 변경'에 탈이 생겼다고 한다. 사용할 때마다 수동으로 날짜 변경하기를 맞추라는데 번거롭고 성가시다. 이튿날 화면은 꿈쩍도 하지 않는다. 시간을 쪼개 쓴다는 회사 직원은 커서를 두어 번 움직이더니 쌈박하게 켜 놓는다. 단 몇 초 만에 출장비를 챙겨가는 신기한 손은 친절하게 나의 우둔함을 일깨워준다.

　뜻밖에, 환갑 선물이라며 아들딸이 새 노트북을 사주었다. 이참에 들고 다닐 수 있는 노트북으로 바꿀까, 망설이던 차였다. 쓰던 컴퓨터보다 화면 크기와 키워드도 낯설지만 오래된 것에 익숙해져 정작 사랑을 주지 못하고 있다. 새 노트북에 길들일 시간이 필요하다.

느림보인 모니터는 이천십육 년 삼월에 멈춰 날짜와 시간을 변경하라고 요구한다. 클릭을 멈춘 순간 시선이 '이천십육 년'에서 머물고 있다.

그해 여름, 요양원에 가신 어머니의 빈집에서 홀로 지낸 열흘간은 어머니와 이별을 고하는 마지막 시간이기도 했다. 나는 혼자 계셨던 어머니의 살림살이를 이삿짐 챙기듯 하나하나 정리했다. 이불 홑청을 뜯어 세탁기에 돌리며 옷가지들을 읍내 성당의 헌 옷 수거함으로 옮겼다. 어머니가 평소 아끼며 즐겨 입으시던 하얀 모시 치마저고리와 남청색 살구 치마저고리는 보자기에 따로 쌌다. 어머니가 치마저고리를 다시 입을 수 있으랴마는 생전의 모습을 유품으로 남겨두고 싶었다.

우두커니 흰 고무신 한 켤레가 신발장 위에 보인다. 어머니가 걸음을 제대로 걷지 못하고부터 정물화처럼 있다. 장독대 앞 수돗물에 말끔히 씻어 햇볕에 말리며 사뭇 어머니의 칭찬을 그리워한다. 주인을 기다리는 횟수가 길어서일까, 하얀 고무신도 나이를 먹었다. 어느 날 세상을 떠나는 어머니의 발자국이 되어 따라가리라. 어머니가 옆에 계시듯 혼자 지내는 밤이 무섭지도 적막하지도 않다. 집을 떠나 계시면서도 한 번씩 집을 둘러보러 오셔서 하룻밤 주무셨다. 어머니집을 돌보면서 언제고 돌아와 말끔해진 집안을 살펴보며 환하게 웃으실 그날을 막연히 기다렸다.

어느 여름날 국수를 해드렸는데 어머니가 찬 국물이라 첫술에 목이 막혀 혼이 났다. 마침 옆에 보리차 끓인 물이 있어 먹이며 놀란 가슴을 쓸어내렸다. 진정이 된 어머니가 양로원에서 첫 숟가락에 목이 막혀 죽은 한태 할머니 이야기를 했다. 세근 없이 찬 국물을 내다니…. 꺼두었던 전기장판을 다시 켰다. 팔순에 일곱을 더하는 연세인데 젊은 우리와 같이 생각하다니. 미안한 마음에 볼을 쓰다듬고 또 쓰다듬었다. 자꾸자꾸 어루만지다 어머니의 볼을 맞대고 비볐다. 모녀의 볼이 복숭앗빛으로 물들었다.

집 정리를 하는 동안 물렁물렁하게 잘 익은 복숭아 한 상자를 들여놓고 어머니를 그리워한다. 한 가지 소망을 말하라면 어머니와 단 열흘 만이라도 함께 지내고 싶은 간절한 마음이다.

일주일간의 대청소로 정리정돈이 잘되어 있는 집안을 둘러본다. 어머니가 돌아오면 '예쁜 아버지 딸'이라고 어릴 적 내게 했던 칭찬을 다시 들을 수 있을까. 친정집에서 보낸 열흘은 생명의 끈으로 묶여졌던 모녀간의 정을 홀연히 끊고 사라져가는, 어머니가 보내는 이승의 마지막 여름이었다.

스산한 가을바람이 불어오는 시월, 기력이 막바지로 떨어져 가는 어머니였다. 요양원에서 외출 허락도 금지되었고 가족들에게 마음의 준비를 시켰다. 돌아가시기 전 어머니는 외할머니를 무척 보고 싶어 했다. 그 마음을 다정스럽게 보듬어 드리지 못한 우둔함을 이제 뉘우친들 어찌하랴.

하늘하늘한 초록 꽃무늬 주름치마를 손빨래한다. 어머니가 처음 병이 나서 우리 집으로 오실 때 짐 속에 챙겨온 여름 치마다. 당신께서는 꽃무늬 치마를 입고 고향 집으로 돌아가는 꿈을 밤낮으로 꾸었으리라. 치마를 반듯하게 접어 상자 속에 넣는다.

"어머니의 영혼이 이 세상 수고로움 다 내려놓으시고 영원한 안식처로 들게 하소서. 아멘."

화살기도를 바치며 성호를 긋는다.

어머니의 희미한 환영이 시간 속으로 사라져 간다. 한 줌 가을 바람으로.

나만의 다락방

　다락방 하면 새우등을 하고 세계 명작을 읽었던 초등학교 때의 작은 도서실이 떠오른다. 굳이 도서실이라기에도 뭣한 책장 몇 개를 간이용 칸막이로 세워두고 어린이 책을 꽂아 두는 정도였다. 특별 활동 시간이 있는 날은 다른 한쪽을 미술부로 활용하였기에 도서관의 모양새는 다 갖추지 못했다.

　언젠가 도서실 청소를 하던 날, 우연히 동화책이 손에 잡혔다. 동화 속 이야기는 신비로운 세계로 나를 이끌어갔다. 우물 안 개구리가 세상 구경을 하는 날이었다.

　얼마나 시간이 흘렀을까. 아이들은 모두 집으로 돌아가고 텅 빈 교실 안은 바닥을 닦다가 팽개친 걸레가 덩그러니 내 옆을 지키고 있었다.

　그 무렵 먹을 것도 귀했지만 읽을거리도 귀했다. 학교에서 어린이 주간신문이 나오면 신문 아랫면에 연재되는 만화를 서로 보려고 몸싸움을 하며 신문이 너덜거릴 때까지 돌려보았다.

장마가 오면 잡풀이 무성해진다. 고구마 밭에서 작은언니가 들려주는 세계 명작 이야기를 듣느라 지루한 줄 모르고 밭고랑의 풀을 말끔하게 뽑았다. 어둑발이 내리면 종종걸음을 치고 동화 속 소공녀 이야기는 밭고랑에 긴 여운으로 남았다. 어린 시절의 동화는 오랜 기억으로 성인이 되어서도 자양분으로 남아있다.

중학교 시절에 만난 다락방은 교실 한 칸에 책걸상이 있어 제대로 모양을 갖춘 도서실이었다. 언니가 읽었던 이광수의 ≪유정≫과 ≪무정≫을 읽었고, 미우라 아야꼬의 ≪빙점≫을 읽고는 일기에 독후감을 꼬박꼬박 썼다.

어쭙잖게 책에서 시나리오를 보며, 눈 오는 시골집을 배경으로 우리 육 남매들의 이야기를 만들다 구겨서 찢어버리곤 했다. 어쩌다 교실 쓰레기통에서 아이들이 구겨진 종이를 짝 맞추기라도 하면 괜히 멋쩍고 가슴이 콩닥거려 열다섯 소녀의 순수한 마음이 고스란히 드러났다.

누에 철이 되면 어머니는 읍내 오일장에 가서 빛바랜 신문을 한 뭉텅이씩 이고 왔다. 헌 신문지는 누에똥을 가릴 때에 요긴하게 사용되었다. 잠박 위의 누에똥을 고를 때면 나는 신문의 작은 글씨체를 눈으로 담느라 어머니의 지청구를 듣기 일쑤였다.

고등학교에 갈 시기에 나는 한동안 어머니 옆에서 농사일을 도우며 지냈다. 가정 형편이 어려워 한 해를 쉬고도 두 해째는 큰언니 결혼으로 진학을 하지 못한 채 어정쩡하게 지내야 했다. 몸집은 작지만, 강단이 있는 작은언니는 지적인 교육을 받도록 나를 끌어주려고 애를 썼다. 상급 학교에 원서를 내라하며 머뭇거리는 나의 의식을 일깨웠다. 문학 공부에 미련이 있어 여기저기 기웃거리고 있을 때에도 스승을 직접 찾아 나서 보라고 용기를 주었다. 긴 머리에 안경이 잘 어울리는 작은언니는 치자색 투피스 차림의 처녓적 고운 모습으로 내 액자 속에 들어있다.

만학도가 되어 대학에서 드나들었던 나의 다락방은 조용하고 숲이 있는 아름다운 환경이었다. 통학버스를 타고 다녔던 학교생활은 의지적 자아가 빛을 발하는 자유로운 시기였다.

나만의 다락방을 찾아서, 남강 물이 환히 보이는 산 중턱 시립 도서관을 요즘 자주 오르내린다. 제각기 책 속에 빠진 열람실의 침묵 속 조용한 분위기에 푹 빠져 평화로움을 맛본다.

등을 곧게 펴고 기지개를 활짝 켠다. 일반 열람실을 거쳐 어린이 도서 열람실에서 빌린 동화책을 반납한다. 아들 또래의 도서관 사서가 아는 척을 한다. "책을 읽는 어머니는 아름다운 사람"이라고 엄지손가락을 치켜세우기에 멋쩍게 웃어 보인다. 사람들의 마음을 따뜻하게 하는 청년의 아름다운 마음이 돋보인다.

해 질 녘 도서관 잔디밭에 새끼 고양이 두 마리가 여유롭게 누워 있다. 지나가는 이들이 털을 쓰다듬고 핸드폰에 그림을 담아도 경계가 전혀 없는 이들에게서 평화를 본다. 저녁 한때의 평화로운 풍경이 나의 다락방에도 쌓인다.

　폭염 속 무더위도 지나가고 어느새 가을이다. 높고 파란 가을 하늘에, 맑은 영혼의 글을 온전히 담을 수 있는 나만의 다락방을 꿈꾼다.

오십, 마음의 경영

종일 컴퓨터 앞에 앉아 있었더니 온몸이 무겁다. 목욕 가방을 챙겨 집을 막 나서려는데 전화벨 소리가 울린다.

"일어났니?"

"응!"

"목소리 들으니 말짱하네? 어제는 다 죽어가는 사람처럼 문자 보내더니."

큰언니의 괄괄한 목소리가 전화기 너머 계속 들려온다. 다 죽어가도 내 목소리는 항상 밝다고 응대하니 하루는 우울하고 하루는 말짱하면 병도 아니란다. 삼시 세끼 밥 잘해 먹고 영양이나 보충하란다. 끼니를 거르면 기력도 떨어지고 기분도 가라앉는다면서….

계획을 세워 살다가도 어느 날 문득, 귀를 막고 밖에 나가지 않고 집에만 있고 싶을 때가 있다. 이럴 때일수록 지혜를 주십사하고 기도를 청하지만 헤어나긴 싫지 않다.

요 며칠, 하루건너 하루씩 무력감에 시달렸다. 날씨 탓으로 돌리고 싶지만 나태함은 끔찍이 싫다. 온종일 꼼짝도 안 하고 지내다 이튿날이면 마음을 다잡고 털고 일어난다. 요즘 오십에서 오는 갱년기 우울증만은 아닌 듯, 무기력하게 아무것도 하지 않고 가만히 있는 것이다.

십 년째 온천 사업에 매달려온 남편의 회사가 점점 어려워졌다. 불도저처럼 앞으로만 나아가던 그가 주춤거리며 눈에 띄게 말수가 적어졌다. 이따금 찾아드는 그의 우울은 곧 나의 우울로 사람을 끝없이 밑바닥으로 몰아넣는다. 하루하루의 삶에서 지혜를 모으고 기도하는 마음이 가장 필요로 할 시기이기도 했다. 머뭇거리다 주저앉으면 어찌하나, 한없는 두려움 속에서 늘 나를 일깨워야 하는 일이 말처럼 쉽지 않았다.

남편은 평상심을 잃지 않으려 무던히 노력한다. 아침이면 실내에서 러닝머신으로 건강을 챙기고 평화방송 채널을 열심히 들으며 성경도 접한다. 또한 하루의 일과를 일목요연하게 글로 적는다. '나는 할 수 있다'라고 자신을 통제하고 조절하는 남편의 모습에서 그나마 희망을 얻는다.

내 생각에만 빠져 있으면 주위에 마음 쓸 여유가 없어진다. 연로하신 친정어머니에게도 소홀해지기만 한다. 어머니는 어머니대로 서운한 일이 많을 것이다. 연세 드신 어머니에게 내 형편을 펴 보일 수 없지만 때로는 아이처럼 투정을 부리고 싶은 마음 간절하다. 마음을 먹고 지난 주일날 친정에 갔다. 도랑 출입도 버거운 어머니여서 농사를 그만 지으라고 자식들이 성화를 대던 터였다.

"텃밭을 남 줬다….."

어머니는 육십 평생 농사를 지었던 분이다. 요즘 더러 입버릇처럼 "다 살았다"라고 한 말씀이 뇌리를 스쳐 갔다. 농사일을 손에서 떼는 이 순간, 억척스러웠던 어머니의 노곤했던 삶도 끝자락에 머무르고 있구나 싶어 허허로운 느낌이 든다. 팔순 연세에도 밭고랑에 앉아있는 어머니를 볼 때마다 지독한 일 욕심 때문에 볼멘소리로 '마음을 비우고 편하게 사시라.'고 했었다.

정작 속 시원한 마음과는 다르게 이 공허함은 또 뭘까. 자식들을 건강하고 밝게 키우려고 가시덤불 헤쳐 가며 광활한 대지를 넘나들지 않았던가. 세상살이 고달팠으나 언제나 당당하셨던 어머니의 삶을 바라보며 내 마음 그 백 분의 일도 못 미침을 반성해야 했다.

마음의 굴곡이 심해도 이튿날 맑음이 있기에 그늘을 말리고 산다. 심리학을 공부하는 딸아이 앞에서 '행복하게 살고 싶다'라고 입버릇처럼 말한다. 딸아이는 엄마의 주치의 같다. 오늘은 큰방, 내일은 작은방, 한 칸씩 청소하듯 다급함보다는 편한 마음으로 살라 한다.

독감을 심하게 앓는 환자처럼 '행복하게 살고 싶다'라고 뜬금없이 외고 다니는 엄마의 부실한 마음이 환히 보이나보다. 몇 차례 끙끙 앓으며 독감의 고비를 넘긴다. 저녁에는 과로로 힘든 남편의 등을 시원하게 두드리며 다듬잇돌 소리를 내야겠다. 마음속 번잡함을 걸러내 바싹 마른 장작개비로 타오르게 한다.

십이월의 햇볕이 유독 따뜻하게 다가온다.

가을이 머무는 자리

　새벽녘, 개 짖는 소리에 잠에서 깼다. 세 시가 조금 넘었다. 정신을 맑게 하려고 앞마당으로 나왔다. 길고 지루했던 장마가 지나간 자리에, 모처럼 그믐달과 함께 별이 총총히 떠 있다. 어느새 초가을이 성큼 다가오나 보다. 서늘한 바람결이 상쾌하다. 조금 전 꿈속에서 남편과 마술의 빗자루를 타고 하늘을 날 듯, 둘이서 복숭아꽃일까 매화꽃일까. 꽃나무 가지를 타고 들꽃과 풀꽃을 찾아 숲속을 날아다녔다. 좀 더 높이 날 때는 숨을 몰아쉬었다. 얼마를 날았을까. 지리산자락 선산의 시어머님 묘지에 이를 즈음 깨어났다.

　병석에서 오랜 세월을 보냈던 어머님이셨다. 정작 가실 때는 시곗바늘이 제자리에 멈추듯 조용히 숨을 거두었는데 평화롭고 고요한 모습이었다. 돌아가시기 며칠 전, 보통 때와는 다르게 불그죽죽한 대소변이 온 방바닥으로 흥건하게 쏟아졌다. 어머님께서, 시간이 얼마 남지 않음을 암시해 주고 있었다. 조금씩 드시던 곡기도 끊고 이따금 거친 숨을 몰아쉬시곤 했다. 죽음의 임박함을 깨달으면서 신부님께 병자 성사를 받을 수 있도록 성당에 연락했다. 어머님의 영혼이 천상낙원에 평안히 들 수 있도록 매 순간 기도드리며 마음의 준비를 했다.

임종하시기 이틀 전, 방안 가득히 가을 햇살이 쏟아지는 점심나절이었다. 누워 계시는 창문 앞의 은행잎들이 노랗게 물들었다. 어머니와 나란히 누웠다. 오랜 병석이지만 말이 없는 조용한 성품이라 아픈 내색도 하지 않는 분이셨다. 야윈 두 볼을 가만히 쓰다듬어보았다. 퀭한 눈이 더욱더 깊숙해 보였다. 이따금 바람이 스치며 창밖에 노란 은행잎이 우수수 떨어져 내렸다.

"어머님은 다시 태어난다면 무엇이 되고 싶으세요."

얼굴에 실낱같은 미소가 어린다.

"어머님, 저는 잔잔한 바람이 되고 싶네요. 저 은행잎 좀 보세요. 어머님도 잔잔한 바람이 되어 은행잎에 앉아 내려다보실 테지요."

어머니의 눈과 마주쳐 보려고 며느리의 간절한 주절댐은 끝이 없다. 기력을 다하신 어머님의 눈길이 가늘게 떨린다. 퀭한 눈 속에서 말로 표현할 수 없는 애틋한 마음을 읽는다.

"어머니, 하시고 싶은 말씀, 보고 싶은 사람, 잡수시고 싶은 것이 있으면 말씀해보세요"

어머니는 아주 희미하게 미소로 답할 뿐이다.

돌아가시기 한 시간 전에 신부님께서 급히 병자 성사를 주려 왔다. 시어머니는 십여 년 동안 병환으로 성당에 나가지 못해 집에서 매달 병자 영성체를 받아 모셨다. 신부님을 바라보는 어머님의 주름진 얼굴은 고요하고 평온했다. 어머님의 손을 꼭 잡은 신부님의 그윽한 눈빛은, 당신을 하늘나라에 이르는 천국의 길로 평안히 인도하며 배웅했다.

　"안나 할머니, 저희보다 조금 먼저 하늘나라에 가시는 것이니 평안히 잘 가세요. 그리고 예수님께 저희 안부도 꼭 전해 주셔야 해요." 신부님의 손을 맞잡은 어머니의 목소리는 들릴 듯 말 듯 갈라진 음성이지만 어린아이처럼 순한 음성으로 "야" 하고 대답하셨다. "야" 하시는 어머니의 음성에 순간 전율이 왔다. 쇠잔한 얼굴은 온화하고 편안해 보였다. 어머님의 병자 성사는 신부님과 우리 모두에게 이승에서의 마지막 인사가 되었다.

　시간이 갈수록 어머님이 더욱더 그립다. 시집 와서 어머님과 함께한 세월이 이십여 년이었다. 무던한 성품이신지라 좋고 싫은 표현을 잘하지 않던 분이었다. 업어 키우며 사랑하고 소중히 여기셨던, 고등학생이 된 아들은 어머님이 돌아가시는 날, 꺼이꺼이 울었다. 집안일에도 어머니의 손길이 맴돌았다. 김치를 담글 때면 미리 마늘을 까서 준비해 주었고, 빨래가 마르면 차곡차곡 개키는 일도 어머니의 소임이었다. 살아생전 시댁 집안의 대소사를 말없이 도맡아 하며 어려운 가운데 식솔들을 모두 건사하셨으니,

두터운 덕은 우리 가족의 귀감이 될 일이었다.

옷장의 위쪽 서랍에 어머니가 쓰시던 금비녀가 있다. 장례식을 마치고 소지품을 챙기면서 비녀를 발견했다. 뇌출혈로 쓰러지기 십 년 전 머리에 쪽을 찌던 비녀다. 머리카락을 자르고부터 비녀는 장롱 깊숙이 들어가 내 기억에서 희미해졌었다. 금비녀로 정갈하게 쪽진 어머니의 모습을 되새겨본다.

어머님의 장례식은 집에서 삼일장으로 지냈다. 운구차가 선산으로 향할 때 망자를 위하여 바치는 신자들의 위령기도가 끊이지 않았다. 천국으로 가시는 길목은 환했다. 코스모스 하늘대는 황금빛 가을 들판은 영화의 한 장면처럼 아름다웠다.

죽음은 결코 두려운 일이 아님을 체험한다. 사람이 태어나 마지막 순간까지 기력을 다 쓰고 한 줌 재가 되어 자연으로 돌아갈 때 이별은 숭고하며 겸허하다. 죽음이야말로 이 세상에서 저세상으로, 영원한 생명으로 새롭게 태어나는 부활의 길이다.

어머님의 기일이 곧 다가온다. 앞마당에 잔잔한 바람결이 스칠 때 노랗게 물든 은행잎 사이로 가을이 머문다.

수필 속에서 시를 쓰다

내가 열아홉 살이 든 해 오라버니가 우리 곁을 떠났다. 그와의 이별은, 일찍이 아버지의 죽음 이후 우리 가족에게 또 한 번 크나큰 아픔이었다. 하늘이 무너져 내리는.

오라버니는 맏이로서 우리 집안의 유일한 기둥이었다. 어머니에게는 가족 중 어느 자식들이 흉내 낼 수 없는 효자였다. 성실한 봉급생활로 동생들의 뒷바라지를 도맡아서 아버지의 빈자리를 충실하게 메웠다.

오라버니가 직장에서 병원으로 실려 온 지 한 달 만이었다. 제대로 손쓸 여지도 없이 급성 백혈병으로 한 줌 재가 되어 나무 그늘에 뿌려졌다. 오라버니의 죽음은 내게 소심하고 말이 없는, 혹독한 슬픔으로 말문을 닫게 했다.

순식간에 집안 기둥이 무너지자 가족 모두가 휘청거렸다. 막내는 고등학교를 휴학하며 어머니 곁에서 농사일을 도왔으며 나는 큰이모네 집에서 야학과 직장생활을 병행했다.

스물아홉에 돌아가신 오라버니를 생각하자면 결혼도 하지 않아서 자손을 두지 못한 일이 어머니에게 너무나 원통한 일이었다. 한데, 나는 왜 집합공식을 다 외우지 못하고 떠난 오라버니를 생각하며 슬퍼했는지 생뚱맞고 모호했다.

오라버니가 떠나고 나서 오랫동안 꿈을 꾸곤 했는데 늘 초췌하고 추운 모습이었다. 홑겹으로 된 윗도리를 걸치고 큰방 아궁이 앞에서 군불을 지피고 있었다. 막연히 오라버니를 붙들고 싶어 명치끝이 오그라든다. 베갯잇이 흥건해지도록 새벽녘 잠결에 흐느꼈다.

오라버니는 고등학교를 졸업하자마자 큰이모부님의 도움으로 취직을 했다. 직장 생활을 성실히 하면서 해마다 공무원시험에 도전했으나 번번이 낙방하였어도 절망하지 않았다. 칠전팔기의 마음가짐으로 틈틈이 시험에 임할 때마다 어머니는 안타까워했다. 고등학교 시절 농사일을 돕느라 결석을 밥 먹듯 하여 수업을 제대로 받지 못했음을 원인으로 여겼다. 오라버니는 후에 정식 공무원이 되었다. 어머니의 말을 빌리자면 하느님은 무심한 분이 아니라고 했다.

병든 주인이 일꾼 열 못 한다고, 날 잡아 나락 타작이라도 하는 날이면 형제들은 단체로 결석을 했다. 맏이의 희생으로 어린 누이들이 학교에 다닐 때는 형편이 더 나아져 막내와 나는 결석을 달아놓고 하지 않았기에 그것은 큰 혜택이었다.

시는 내 속에서 열꽃을 피운다.

'거짓말처럼 열아홉 살 오라버니가 왔다. 동짓달 방구들 열꽃 피고 누이의 얼은 두 볼 오라비의 등에 군불 지핀다. 헐렁한 검정 윗도리 깡마른 겨울 오고 명치끝 오그라들어 아침이 온다. 열아홉 이후 아무도 그리워하지 않았다. 거짓말처럼.'

내가 누구인지 모호하여 내 안에서 수없이 나를 찾는다. 시는 홑겹을 입은 오라버니가 가엾어 울고, 그리움으로 명치끝이 오그라든다. 시는 내 안의 모호하고 생뚱맞은 속성으로 열병을 가져오고 새벽녘 희열과 허탈감을 준다. 시는 나를 끄집어내는 것에 인색하여 병적인 소심증과 열등감으로, 이방인으로 서성이게 한다.

오래도록 풀리지 않던 의문에 고개를 끄덕인다. '나는 왜 집합 공식을 다 알지 못하고 떠난 오라버니를 생각하며 슬퍼했는지.' 오라버니가 집안일에 쫓겨 제대로 배우지 못한 안쓰러움은 어머니의 마음에 상처로 고이고, 내 안에도 우물이 되어 머물러 있었던 게다. 오라버니가 훨훨 어려운 수학 공식에서 해방되어 나왔으면 하는 바람으로.

시는 계속되는 나 자신과 싸움에서 치열하게 삶을 살아가는 반복 학습이다. 이렇듯 시는 하수구였다가 때로는 쾌감으로 내 안에서 대변자로 공존한다. 나의 시 쓰기는 한 편의 수필처럼 마음 밭 가꾸기로 삶 속에서 견고하게 정체성을 찾고 수양하는 자세일 것이다.

시는 독자와 소통하고 감동을 줄 때 좋은 시로 거듭나는 게 아닌가 한다. 시에 대한 단상으로 조금은 생뚱맞게 수필 속에서 나의 시를 말한다.

유언장

– 사랑하는 아들과 딸에게

서늘한 바람결이 완연한 가을이구나. 추석 명절을 보내며 북새통 귀향길에서 이제 본래의 생활로 차분히 돌아갔으리라 모두 믿는다. 엄마에게는 오랜만에 가족들과 함께 할 수 있어 보름달처럼 풍요로운 한때이기도 했단다.

작년 한 해는 우리 가족 모두에게는 고통스러운 한 해였구나. 아빠의 사업이 어려움에 부닥쳤고 그로 인하여 건강이 나빠져 장기간 병원 생활을 하게 했다. 너희들은 차분히 제자리에서 스스로 책임을 다해주었기에 아빠가 무사히 긴 병상에서 일어설 수 있었으니 얼마나 감사한 일인지 모르겠구나.

앞으로 남은 일은 건강을 지키며 한 발자국씩 쉬어가며 자신을 돌아보는 일일 것이다. 이번 아빠의 병환으로 우리 가족 모두가 놀랐었다. 아빠의 의지가 대단하여 잘 버텨 주었구나. 새벽 네 시면 일어나 기도하며 꾸준한 운동으로 건강을 찾았으니 혹여 어려운 일이 생겨도 잘 이겨내리라 믿는다.

아들 요셉아! 이번 너의 취직은 엄마에게 큰 기쁨이구나. 얼마나 아들이 고맙고 든든한지 모르겠구나. 취직을 준비하느라 대학의 좁은 컴퓨터실에서 씨름했겠지. 공부하느라 앞가슴이 들어가고 덥수룩해진 얼굴이 몰라보게 변해버린 아들을 바라보는 엄마의 마음이 저릿했었다. 야생말처럼 힘차게 뛰어놀던 고등학생 때의 모습은 사라지고 엄마 아빠를 위로하고 격려하는 든든하고 의젓한 청년이 어느새 되었구나. 아들아 고맙다. 너의 그 모습은 누이동생 비야에게도 감화를 준단다. 진심으로 오빠를 축하하는구나.

사랑하는 딸 비야! 너는 별로 걱정하지 않는다. 오빠가 엄마를 닮은 성향이라면 아빠를 많이 닮은 딸은 어디를 가도 굶지는 않으리라 믿는다. 뭐든지 척척 융통성 있게 잘하니 말이다. 작은 예로 용돈 하나만으로도 알 수 있었다. 너는 규모 있게 관리하여 항상 풍족해 보였지. 때로는 우리 가족 모두가 네가 자주 사 오는 케이크에 행복했다.

사랑하는 아들딸아! 세상이 아무리 어려워도 엄마는 크게 걱정하지 않으려 한다. 우리 삶의 목적이 행복이라면, 행복은 소소한 곳에서 찾을 수 있는 것이라 믿는다. 맑은 가을 하늘에서 여유로움을 느낄 수 있고, 엄마가 끓여주는 김치찌개를 맛있다고 너희들이 열심히 먹어줄 때 이것이 행복이고 기쁨이란다.

엄마가 너희에게 바라는 마음이란, 결혼 시기가 되면 소중한 인연을 만나 행복한 가정을 꾸려 갔으면 하는 바람이다. 물론 인생에 있어 꼭 결혼만이 전부라고는 할 수 없다. 독신자도, 수도자의 길도 있다. 한때는 너희들이 수도자의 길을 간다면 어떨까? 기쁘게 받아들일 수 있을 것 같았다. 하지만 그 길은 하느님께서 점지해 주실 때 걸어가는 길이었다. 결코 평범하지도, 쉬운 길도 아니었다. 엄마는 아들딸이 결혼하여 평범한 가정을 꾸려가길 희망하듯이, 소박하고 평범한 너희들의 꿈이야말로 소소하지만 확실한 행복의 조건이라 여긴다.

사랑하는 아들딸아! 엄마는 아빠가 그나마 건강할 때 너희가 결혼도 빨리하고 아들딸 낳고 평범하게 잘 살아갔으면 하는 마음이란다. 실비아는 아이를 넷 정도는 낳을 거라고 했는데, 생각만 하여도 넉넉해지는구나. 크게 가진 것 없어도 작은 것에서 시작하여 부부간 서로 존중하고 배려하는 마음으로 서로 사랑하여라. 엄마 아빠가 너희에게 얼마만큼 좋은 부모였는지, 부족함 가득하지만, 너희들은 세상을 부끄럽지 않게 살아갔으면 하는 바람이구나.

갑작스럽게, 조금은 쑥스럽게 쓰는 유언장이란다. '마음으로 쓰는 독서 치료'에서 수업 시간에 쓰는 유언장이란다. 엄마는 죽음을 준비하려면 우선 집안 정리부터 정갈하게 해두어야 할 것

같다. 다시, 죽음을 앞두고 유언장을 쓰더라도 지금의 유언장과
별반 다르지 않으리라.

사랑하는 비야! 요셉아!

너희가 엄마 아빠의 딸이고 아들인 것을 감사히 여긴다. 고맙구
나! 행복하여라.

사랑한다! 그러면 안녕!

비야와 요셉을 사랑하는 엄마

자기소개서

　유난히 가을볕이 환한 날, 뒷밭의 콩 타작마당에서 콩 뛰는 소리가 들린다. 머릿수건을 동여맨 어머니가 밭고랑에 막둥이 동생을 앉혀두고 도리깨질을 한다. 여섯 살 딸아이가 참 솔가리를 때서 감자를 삶는다. 양푼에 삶은 감자를 담아서 이고 오르막길에 다다랐는데 하필이면 소를 모는 동네 남자아이를 본다. 지레 겁을 먹어 감자를 빼앗길까 조바심을 내며 오던 길을 되돌아 샛길을 택한다.

　어머니가 여섯 살 계집애를 부둥켜안고 감동하여 울었다. 아무것도 모르는 동생은 감자를 꿀떡처럼 먹는다. 어머니의 울음에서 여섯 살 아이는 착한 일은 누군가를 감동시키고 눈물을 흘리게 한다는 것을 배웠다. 어머니는 서른여섯 젊은 나이에 아버지를 여의었다. 아버지의 뜻을 이어받아 자식에 대한 교육열이 대단했으며 육 남매를 착하고 강건하게 뿌리내리도록 힘썼다.

콩 타작마당에서였다. "허기가 질 때는 누가 감자라도 삶아 오면 얼마나 좋을까"라고, 어머니의 지나가는 말이었다. 아이는 놓치지 않고 어머니의 허기진 마음을 헤아리며 우렁이각시가 되었다.

고등학교 성적표에서 '행동 발달 사항'란을 보면 신기하게도 똑같은 말을 듣고 있다.

"온순하고 책임감이 강하고 말이 없다."

온순하고 책임감이 강한 것은 좋은데 '말이 없다'라는 말은 표현력에서는 장단점인 요소를 지니고 있다. 나를 드러내지 않는 성향은 스스로 알아서 일을 처리하는 성향인 만큼 상대편도 어련히 알아서 하겠지 하는 마음이 강하다.

언젠가 아침식사 시간이었다. 성질 급한 남편이 밥숟가락을 뜨다가 일어서 버렸다. 남편이 "나락 논에서 허수아비 쫓는 머슴도 밥그릇은 수북이 채워 준다."는 것이다. 에구머니! 어떻게 눈에 보이는 것만 보고 보이지 않는 것은 못 보냐? 버럭 하는 남편의 태도에 반사적으로 울컥했다.

"아내의 진중한 마음을 그렇게 몰라 주냐?"

남편의 급한 성미를 알기에 압력솥의 밥이 덜 퍼져 조금만 먼저 퍼서 주었다. 뜸이 들면 한 그릇 채워 주려고 주걱을 들고 조바심을 내던 참이었다. 눈에 보이는 것에만 치중하는 남편에게 화도 나고 원망스러웠다. 큰 수술을 받은 남편을 두고 같이 싸울 수도 없었다. 차분히 생각해보니 밥을 풀 때 내 마음을 상냥하게 조금만 내 비추었어도 어처구니없는 오해를 사지 않았을 것이다. 생활 환경에서 주어진 오래된 습성은 하나의 성격으로 형성되어 고치기가 쉽지 않다. 중요한 것은 요즘 같은 홍보 시대에 발맞춰 행보하려면 노력해야 한다. 그가 밥 한 그릇을 기분 좋게 먹을 수 있도록.

말이 없는 사람에게서 진실하게 표현하는 사람이 되도록 노력해야겠다. 항상 남편 뒤에서 받쳐주는 자리가 편안했다면, 이제는 나란히 걸어가는 동반자의 길을 걸어가야 한다.

큰아들이 대학에 입학할 무렵, 나는 창신대 문창과에 입학했다. 마흔이 넘은 나이었다. 대학 생활은 내 인생에서 있어 전성기였다. 아침 일찍 밥을 해 먹고 무거운 가방을 메고 마산까지 통학차를 타고 열의에 차서 다녔다. 문창과의 특성 중 좋은 점은 나이 많은 사람들로 대부분 구성되었다. 아들과 딸 같은 학생들과도 수업을 같이하지만, 나이 많은 학생들의 수업 분위기는 진지하고 차분하다. 2년이라는 학교 공부는 즐거웠고 기간이 짧아 아쉬운 점이 많았다. 그동안의 삶을 글로 표현하고 싶어 문창과를 택했다. 짧은 시간이었지만 글쓰기는 영원한 것이리라 믿는다.

팔순의 어머니가 고추 밭일을 놓지 못하다 끝내 몸져누웠다. 서울에 있는 언니와 함께 엄마를 돌보려고 요양보호사 자격증을 취득했다. 요양보호사 강의하는 분 중 한 분이 모교인 창신대 사회복지학과 교수님이셨다. 교수님의 강의는 열의로 가득 찼다. 한 번쯤, 요양보호사라는 직업을 갖고 취직을 하고 싶게 했다. 프란치스코의 집은 오래 전부터 낯익고 친숙한 곳이다. 처녀 때 프란치스카라는 본명으로 세례를 받았다. 그동안 칠암 성당에서 꾸준하게 신앙생활을 해왔다. 칠암 교우 중에, 프란치스코 집 직원인 한 자매님의 도움을 받아 지원하였다.

남편의 사업이 서서히 사양길로 접어들면서 아픈 남편을 이제는 아내가 보호할 때가 되었다. 힘든 상황 속에서도 항상 하느님이 계셨기에 그분을 붙들고 매달렸다. 인정할 것은 인정하고 모든 것을 겸허하게 받아들이는 시기이기도 했다. 참으로 감사한 일은 한평생 일만 좇아가던 남편이 냉담을 풀고 새벽 미사와 기도 생활을 열심히 함으로 느껴지는 은총과 축복이었다. 앞으로 남편의 몸과 마음이 더 자유로워져 훈풍이 불어올 수 있도록 옆에서 지킴이가 되었으면 한다.

'프란치스코의 집'은 하루 일하고 하루 쉰다. 무엇보다 집안일과 병행할 수 있어 근무시간이 좋은 조건이다. 이 시기에 이력서를 쓰는 일은 설렘이기도 하다. 어르신들이 살아오신 세월을 교감하며 연륜이 묻어 있는 한 사람으로 그 소중함을 절실하게 깨달을 기회가 주어졌으면, 기도하는 마음이다. 책상 뒷벽에 붙어있는 프란치스코의 집, 이요한 수사님의 글이다.

고통스러운 욕창을 돌보는 손길

대소변을 거두는 손길

새벽밥을 짓는 손길

굳어진 표정에 웃음을 주기 위한 발길

먹을 것을 나누는 발길에 머무니

벚꽃 핀 들판에 관심이 없다.

얼굴은 뵙지 못했지만, 글이 좋아 맑고 환한 프란치스코의 집에
마음을 꽂아둔다.

내가 가장 못됐을 때

점심때가 되었는지 배에서 꼬르륵 신호가 온다. 뭔가 잘 먹어 기운을 올리고 싶다. 원고 정리로 등을 구부리고 며칠째 책상 앞에 앉아 있다. 남편에게 은근히 물어본다.

"여보, 우리 뭐 해 먹을래요?"

"뭐 해 먹을까?"

그에게 바로 답이 온다. 긍정적 신호다. 하루 전에 먹다 남은 쇠고기 생각이 퍼뜩 난다.

부엌에서 수돗물 흐르는 소리가 들린다. 행동이 빠른 그의 움직임이다. 그릇 달각거리는 소리와 불 위에서 지지직대는 고기 익어가는 냄새, 주부의 민첩함이 그에게도 익어가는 걸까.

"여보, 밥 먹자."

몇 분 지나지도 않았는데 남편이 부른다. 그가 부를 때는 냉큼 뛰어가야지, 멈칫거리다가는 여지를 주지 않고 혼자 숟가락을 들고 식사를 끝내 버린다.

고기가 반지르르하니 잘 익혀졌다. 군침이 돈다. 내 음성도 살가워진다.

"맛있겠다!"

"밀가루를 입혔더니 잘 안 되네?"

"무슨 밀가루?"

순간 나도 모르게 안색이 변했다. 얼마 전에 부침개에 통밀가루를 사용하여 망쳐 버렸다. 원인은 방부제가 들어가지 않아 쉽게 변질되어 버렸다. 부추에 양파와 매운 고추, 방아를 넣고 맛있게 구웠지만, 밀가루의 군 냄새 때문에 못 먹고 결국은 버렸다. 남은 밀가루는 세척용으로 사용할 거라고 말했었다.

어린아이가 심에 차지 않으면 갖은 투정을 하듯 몇 번이고 까탈을 부린다. 배는 고픈데 입맛이 당기지 않아 징징대는 아이처럼 젓가락을 께적거린다.

"육전을 만들어 보고 싶었지."

남편의 변명 아닌 변명을 들으며 일장연설을 해댄다.

"육전은 그렇게 하는 게 아니지, 부침이 밀가루를 마른 상태로 묻혀서 달걀을 풀어 부쳐야지."

그가 숟가락을 놓는다. 한 마디 버럭 소리 지를 법도 한데 횡하니 식탁을 떠난다. 평소 설거지를 하면 냉장고에 반찬을 넣어주던 일도 외면해 버린다. 지혜롭지 못한 우둔함은 '밴댕이 소갈머리'

같은 부끄러움을 낳으며 오래 전 구겨넣었던 못된 마음을 떠올리게 한다.

열여덟 살 때, 나는 집안에서 큰 일꾼이었다. 나락 논에 약통을 거뜬히 짊어지고 농약을 쳤다. 그날도 서풀 앞 다섯 마지기 논에 농약을 치고 해가 뉘엿할 무렵 허기져 돌아왔다. 막냇동생 경이가 저녁 반찬으로 부침개를 부쳐놓았다. 어찌 된 일인지 부침개가 호떡처럼 두꺼워서 맛이 떨어져 짜증을 냈다. 내가 중학교를 졸업한 이듬해였으니 동생이 어려 음식을 잘할 수 있는 나이는 아니었다. 내가 못나게 굴 때 동생도 남편처럼 별 반응이 없었다. 그저 조용히 들어주었다. 내 기억으로 동생하고 싸워 본 적은 별로 없다. 일방적으로 내가 나무랐을 뿐, 막내는 어진 아이였다.

아들과 조카 일도 마찬가지다. 아이들이 초등학교 가기 전이었다. 대전 엑스포 구경 가서 아들을 잃어버렸다. 미아보호센터에 신고하고 샅샅이 행사장을 찾아다녔지만 감감소식이었다. 친정어머니와 동네 어른들 틈에 끼어서 관광버스를 타고 왔는데 아이가 없어졌으니 속이 타들어갔다. 출발 시각이 두 시간이 지체되며 모두가 우왕좌왕할 즈음 연락이 왔다. 아동보호센터에서 아들을 보는 순간, 안도하는 마음과는 달리 화가 나서 아들의 엉덩이를 사정없이 때려주었다.

"아이를 때리면 어쩌느냐"며 옆에서 언니가 나무라는 바람에 '아차' 정신이 들었다.

어린것이 길을 잃고 얼마나 두려웠을까? 아이의 마음을 어루만져 주는 게 순서인데 당혹감에 화부터 냈다. 훗날 아들에게 어릴 적 이야기를 꺼냈다.

"엄마, 그런 일이 있었어요?!"

아들은 그때의 일을 마음에 새기고 있지 않았다. 두려운 상처가 없어 안도했다.

어린 조카도 그럴까? 아이가 다섯 살쯤 우리 집에 놀러 온 적이 있다. 엄마가 없는 조카는 고모인 나를 무척 따랐다. 할머니에게는 시집갈 때 예식장에서 고모를 엄마 자리에 앉히겠다는, 잔망스러운 아이였다. 귀엽고 예쁘게 생긴 조카는 거울 앞에서 앞뒤를 요리조리 비춰가며 놀기를 좋아했다. 멋을 부리기에 바쁜 아이의 모습을 보며 문득 나온 말이었다.

"무슨 도섭을 그렇게 지기니?"

무안한 아이는 쏜살같이 내 방을 빠져나갔다. 총총히 사라지는 아이를 보며 순간 당황했다. '내가 크게 잘못을 했구나. 어린 조카가 고모 집에 와서 스스럼없이 지내는데 찬물을 끼얹었구나.' 세월이 흘렀지만 조카에게 아릿한 마음을 펴 보이진 못했다.

조카는 어엿한 성인으로, 참한 아가씨로 성장했다. 조카가 시집가는 날 엄마 자리에서 축복을 빌어 주리라. 그때의 미안했던 마음을 고백한다.

야간 근무

오후 여섯 시, 주간 조와 인수인계를 합니다. 이삼 층 보리 물 끓이기 준비, 전문 3반 피딩 준비하며 야간 업무가 시작됩니다.

지○○ 어르신 쌀죽 이백 밀리리터, 화이바 백 밀리리터, 엘튜브(콧줄) 피딩하고, 절반 넘게 들어가며 약을 작은 컵에 담아 물로 개어 비닐 팩에 넣습니다. 김○○ 님, 정○○ 님, 죽 이백 밀리리터 뉴케어 백 밀리리터 넣었습니다. 여섯 시 오십 분 저녁 식사는 일 층 식당에 가서 쏜살같이 합니다. 저녁 식사는 근무 외의 시간이라 서둘러야 합니다.

일곱 시에 일 층에서 사 층까지 온도 체크하고, 여덟 시 기저귀 공동 케어 시작됩니다. F3, 전 3반 기저귀 케어 끝내고 삼 층으로 이동 F1, F2에 합류하여 공동 케어합니다.

일 층 세탁실로 산더미만 한 기저귀 통 끌어다 분류하며 세탁기에 넣습니다. 오늘 야간은 F1, F2, F3 세 조가 한 팀이 되어 어르신들을 돌봅니다. F3은 제가 맡은 조입니다.

세탁기 두 대에 물 올리고 F3 기저귀 변 털고, 열 시 소변 지도 F2와 공동입니다. 이○○ 님 잠에서 덜 깨어나 눈 감은 채 화장실까지 모시느라 다리가 후들거리며 몸 씨름을 합니다. 변기에 앉히지만, 소변 눌 기미가 없습니다. 잠에서 덜 깬 어르신 늘어진 몸은 쌀 한 가마니 무게라 안간힘을 써서 침상에 눕히니 잠이 듭니다. 밤 열두 시 보리 물 코드 꽂고 열두 시 삼십 분 기저귀 케어. 죽을 힘을 쓰는 동안 내 안에 '나이팅게일 정신'이 있기나 한지 몽롱합니다. 어르신들 열두 시 기저귀 케어 끝내고 호빵 하나 전자레인지에 데워 파트너 샘과 나눠 먹습니다. 이제 곧 한 시간 휴식입니다. 이틀 연달아 근무하면 체력에 고갈이 옵니다. 무엇이든 먹고 또 먹고 체력을 유지해야 산더미처럼 높은 기저귀 통을 끌 수 있습니다. 고요한 밤에 어르신들의 숨소리를 들으며 라운딩을 합니다.

이○○ 님 최○○ 님 김○○ 님 오○○ 님. 곤히 잠들 수 있게 토닥이고 그들의 어머니가 되는 밤입니다. 하얗게 새벽이 올 때 굽은 허리를 펴게 됩니다.

새벽 한 시. F1, F2 두 명이 잠잘 시간이라 휴게실로 들어갑니다. 두 시 오픈 기저귀 케어 끝나서 야간일지 컴퓨터에 기록합니다. 세 시에 제 차례입니다. 한 시간의 단잠은 모든 것이 정지되는 휴식 상태입니다. 열세 시간의 야간 근무에서 한 시간의 단잠이 나를 지탱시킵니다.

다행히 오늘 근무는 파트너 샘들이 마음이 따듯하고 편안한 이들이라 일이 힘들어도 즐거우니 감사한 일입니다. 새벽 네 시에 소변 지도 마무리를 하고 네 시 삼십 분 기저귀 공동이 끝나면 새벽이 찾아옵니다. 주간 근무자들이 출근하고 야간 근무자는 인수인계합니다. 뿌옇게 밝아오는 새벽을 안도하며 아침 일곱 시 집으로 향합니다.

주님! 맡은 일을 열심히 하여 하룻밤을 무탈하게 보내주심에 감사합니다. 간밤은 어르신들이 가족을 찾지 않고 편히 잠들게 하여 고맙습니다.

우리는 어르신들에게 천 기저귀를 사용합니다. 이는 피부에 부작용이 없고 환경오염도 줄일 수 있다는, 프란치스코 요양원의 의지이기도 합니다.

남편의 병환으로 집안 사정이 어려운 시기에 구한 직장이어서 일을 귀하게 여겼고 힘들어도 잘 넘길 수 있었습니다. 오로지 어르신들만 생각하고 직장 일에 충실했습니다. 새벽 다섯 시에 서둘러 출근하면 조직표대로 한 치의 오차 없이 움직였습니다. 야간 근무 차례에서 사람이 딱 한 시간 자고 밤을 하얗게 밝히며 일을 한다는 게 실로 놀라웠습니다.

열여덟 달 만의 퇴직이었지만, 요양원 근무는 오랫동안 머릿속에 남는 곳이었습니다. 그때의 월급 명세서는 십 년이 지난 지금도 서랍 속에 간직하고 있습니다.

요즘도 취미로 여길 만큼, 뭔가 고갈된 사람처럼 잠자는 걸 좋아합니다. 새벽녘 이불 속에 있는 나를 발견하면 행복하고 평온합니다. 추위도 잊은 채, 모두가 잠자는 시간에 일어나 지각할까 봐 애를 태웠던 기억이 뭉클합니다. 허둥대며 운전대를 잡았던 시간은 저를 옭아매었나 봅니다.

어려웠던 시간은 그 자리에서 주저앉아 있는 것만은 아니었습니다. 뽀스락거리며 희망의 새싹으로 자라났습니다. 남편의 병은 시간이 지나면서 완치가 되었습니다. 딸아이는 결혼하여 벌써 두 아이의 엄마가 되었고, 내년이면 복직하여 학교로 돌아갑니다. 고시촌에서 새우잠을 자던 아들은 집을 장만한 후 허리띠를 졸라매느라 점심밥을 굶더니, 지난달에 직장 가까이 더 나은 집으로 이사를 했습니다. 직업상 거실에 한 면을 다 채우는 큼직한 텔레비전을 설치해 놓고, 이번 여름에는 영화 상영을 시켜 드리겠다고 휴가 오라고 저를 달뜨게 합니다. 주님께서는 은총을 거저 주는 것은 아니었습니다. 모든 것은 지나가고 있었습니다.

그 시절, 열세 시간 야간 근무로 밤을 꼬박 새우는 가운데 한 시간이 휴식 시간이었습니다. 단잠을 깨우는 알람 소리는 어떤 상황에서도 살아남을 수 있는 '힘'으로 두고두고 저를 곧추세울 수 있는 고무적인 일이었습니다.

경주 유적지에서

    지난여름은 더웠다. 방송에서 수십 년 만에 찾아온 불볕더위라고 떠들썩할 만큼 에어컨 없이는 숨이 막혔다. 시원해지면 여행 삼아 한번 다녀오고 싶은 곳이 경주 유적지였다. 몇 달 전 문학회 행사로 다녀오긴 했지만 아쉬움 속 여운이 남는 곳이었다. 그날따라 대릉원의 천마총은 내부 수리 중이라 들어갈 수 없었고 회색 하늘에 비구름이 몰려오기에 걸음을 재촉하게 했다.

    새벽잠에서 깨어나자마자 "오늘 경주불국사 답사 여행 안 가느냐?"라고 남편이 물었다.

    얼떨결에 "어디"라고 물었다가 아차 싶었다. 일주일 전에 했던 말을 기억하고 있었다. 밤새 쏟아지는 비로 경주 가는 일을 어느새 포기했던 것 같다. 그는 기사 역할을 해주는 형편이니 당연히 날씨 탓으로 돌리고 나와 같은 생각을 하는 줄 알았다. 소소한 마음 씀씀이는 굳어가는 나의 감성에 윤활유 역할을 했다.

두 시간이 조금 넘는 거리를 달렸을까. 경주의 확 트인 들판은 노르스름하게 가을 물결로 일렁이며 기다리던 도로 표지판에 대릉원이 나타났다. 선조들의 얼이 흐르는 옛 신라의 기류가 바람결에 몰려오기라도 하듯 마음을 한껏 북돋워 주었다. '들이마시는 공기부터 다르다'고 부산을 떠는 내게 그도 익살맞게 '얼쑤'로 장단을 맞추었다.

저만치에서 거대한 고분들이 우뚝우뚝 푸른 잔디 위로 부드러운 곡선을 그리며 윤곽을 드러냈다. 왕릉을 둘러보며 수려하고 장대한 신라의 옛 정취에 흠뻑 젖었다. 몇 발자국 앞서 젊은 여인네들이 노란색 비닐우산을 받쳐 들고 사뿐사뿐 걸어갔다. 잔잔한 꽃무늬가 섞인 흰색 저고리에 쪽빛 치마를 입은 모습이 상큼했다. 가까운 곳에 있는 전통문화원에서 빌려 입은 듯했다. 불현듯 손녀의 얼굴이 아른거린다. 색동 한복을 입은 아이의 손을 잡고 대릉원의 고분 둘레를 고즈넉하게 거닐어 보고파 그와 새끼손가락을 걸었다.

천마총 내부를 둘러보았다. 천마도를 위시하여 천마총 금제장식, 천마총 관모, 금목걸이와 왕족의 금동신발도 눈에 띈다. 평민이라면 무거워서 신고 다닐 수 없는 엄청나게 큰 황금신발이 번쩍번쩍 빛났다. 책에서 그림으로만 보았던 신라의 아름다운 황금문화 보존물이다. 유물은 신라가 멸망하면서 천 년이 넘는 세월 동안 무덤 속에서 잠잤다고 한다. 광복 이후 우리의 손으로 무덤을 조사하면서 신라의 유물은 세계인들에게도 놀라게 했다니 절로 고개가 숙어지며 숙연해졌다.

한적한 곳으로 자리를 잡아 점심을 먹고 일어서니 오후 시간이 훌쩍 넘었다. 다보탑과 경주 최부자 댁이 있는 교촌 마을을 돌아 불국사를 향했다. 내친김에 석굴암까지 볼 작정으로 걸음을 빨리했다. 비에 젖어 신발 속 양말이 한기를 몰고 왔다. 그나마 긴소매는 도움이 되었지만 짧은 셔츠를 입은 그는 가슴을 웅크렸다. 말로는 괜찮다고 하는데 신경이 쓰여서 걸음이 바빠졌다.

불국사의 경내는 비가 와서인지 호젓했다. 외국인 관광객 그룹이 안내원의 말에 귀를 기울이고 있었다. 간혹 해외여행에서 느꼈던 인파 속 혼미한 풍경과는 다르다. 정겹게 메모하며 새겨듣는 관광객들의 진중한 모습이 아름다웠다. 고요한 산사의 정기가 흘렀다. 옛 신라인들의 문화유산이 더욱 찬란하게 빛나 조상들의 얼을 되새겼다.

한국인 젊은이와 함께 불국사 경내를 도는 외국인과 마주쳤다. 낮에 같은 식당에서 점심을 먹을 때 만났던 이다. 어림잡아 칠순 중반은 되어 보이는 여성이다. 약간 높은 구두를 신고 빨간색 바지를 입었다. 무릎 밑까지 늘어뜨린 바바리코트 역시 붉은색이다. 강렬한 이미지는 역동성과 함께 잘 어울리며 세련된 모습이다. 곧은 몸매에 간혹 제스처를 써가며 조용조용 대화하는 모습이 은근히 멋스러웠다. 낯선 외국인에게서 십 년 후의 내 모습을 상상

한다. 빨간색은 나와는 잘 어울리지 않는 색이라며 손사래를 쳤었다. 이제는 빨강의 정열적인 아름다움을 새롭게 받아들이면서 너그럽고 공존하는 노후의 삶을 그려보았다.

여행 기념으로 특산물인 경주 빵을 샀다. 연인에게 선물하듯 남편이 즐겨 먹으면 금상첨화이겠다. 모처럼 마음먹고 나선 경주 유적지 답사 여행길이었다. 늦은 시간까지 대릉원과 불국사, 석굴암의 경주 일대의 유적지를 둘러보고 뿌듯한 마음으로 자동차에 올랐다. 머잖아 손녀를 앞세워 하룻밤을 묵으며 가족들과 대릉원 공원 뜰을 걸어 보리라. 종일 내리던 가랑비 속으로 성큼 가을이 익어간다.

03

양
지
골

어머니가 논밭으로 나가고 무료해질 때면

나는 빈소를 들여다보곤 했다.

바람이 숭숭 들어오는 헛간은 썰렁했다.

아버지의 영정 사진이 있고 낮은 상 위에는 찬물 보시기가 놓여있다.

들꽃이라도 한 송이 놓였더라면,

꽃을 보며 아버지가 계신 곳이

'아름다운 곳이구나!' 하고 여겼을까.

허전한 외로움이 내 몸속을 깊숙이 감돌며

어렴풋이 슬픔이라는 것이,

어떤 알 수 없는 느낌이 팽팽해져왔다.

−〈상엿소리〉 중에서

회상

여섯 살 때 감자를 삶았다. 그 일은 내 최초의 배역으로 우렁이 각시 역할을 훌륭히 소화해 냈다. 어머니는 외손녀에게 오래된 딸의 '감자 삶은 이야기'를 흐뭇하게 들려준다. 오래된 기억은 가슴속에서 따뜻하게, 때로는 슬프게 영혼의 불을 지펴준다.

벚꽃이 떨어진 음력 사월의 학교 운동장이었다. 상복을 입은 어머니는 아버지의 상여를 붙잡고 흙빛 곡을 토했다. 어머니가 절규할 때마다 아름드리 벚나무 밑에서 누군가가 소리쳤다.

"사모님, 아이들 생각해서 이를 깨물고 살아야 해요!"

네 살 된 아이는 잠이 들면 무심결에 이를 갈았다. 상그러운 소리에 어머니는 아이를 깨우곤 했다. 철이 들 무렵에야 이를 가는 버릇도 줄어들었다. 아이는 벚나무 밑에서 외쳤던 그 누군가의 소리에 이를 많이 갈면 엄마와 오래오래 사는 줄 알았다.

유년 시절 기억은 유난히 선명하게 각인되어 있다. 네 살에서 스무 살까지의 일을 실타래 풀 듯 풀어놓으면 큰언니는 나의 기억력을 신기하게 여겼다.

여섯 살 때였다. 잔망스러운 아이는 동생을 돌보며 어머니가 콩 타작하는 밭에서 놀았다. 언니 오빠들은 학교에 가 있을 시간이었다. 어머니가 머릿수건을 쓰고 도리깨질을 하며 타작마당을 무대 삼아 독백을 했다.

"이럴 땐 누가 감자라도 삶아주면 허기라도 면할 텐데…."

아이는 어머니의 관객이 되어 감자를 삶기 시작했다. 어머니가 하던 대로 청솔가지와 솔가리를 번갈아 때는데 매운 연기에 눈물 콧물을 쏙 빼면서 감자를 노릇하게 삶았다. 박 바가지에 가득 감자를 담아 그릇 하나를 마주 엎어 밭으로 향했다.

멀리서 어머니의 챙이질 하는 모습이 보였다. 가슴이 두근대며 걸음이 빨라졌다. 그때였다. 언덕 위에서 소를 몰고 내려오는 남자아이를 얼핏 보았다. 큰 황소보다 그 아이가 두려웠다. 감자를 뺏길까 봐 겁이 났다. 얼떨결에 오던 길을 되돌아 다른 샛길로 종종걸음을 쳤다. 오롯이 어머니를 향하여 달려갔다.

며칠 전에 딸애와 같이 친정에 들렀다. 어머니와 딸애랑 셋이서 읍내 목욕탕도 다녀오고 영승 앞 떡집에서 묵은쌀로 떡가래도 뺐다. 장풍을 지나 병곡 횟집도 다녀오며 어머니가 하고 싶은 일로 하루를 보냈다. 딸애가 내 어머니와 말벗을 하며 도란도란 지내는 평온한 한때다. 아이는 외할머니의 마음을 다독여주며 꼭 끌어안고 잠이 든다. 어머니는 손녀를 통해 오래전 삶은 감자를 이고 종종걸음을 치던 어린 딸을 회상한다. 할머니의 마음을 잘 읽어주는 속 깊은 딸애가 고맙다. 삼 대가 모여 옛 추억에 젖는 겨울밤이다.

그리움이라는 병

은총이가 점박이 강아지 네 마리를 낳았다. 첫 배 일곱 마리를 도둑고양이에게 모두 잃더니 이번에는 주의를 기울여 보살피는 것이 보통 아니다. 어미젖을 찾아 꼬물거리는 새끼들에게 젖을 물려주고 혓바닥으로 한 놈씩 털을 핥아준다. 정성을 다하는 모습에서 사람과 다름없는 어미의 모성애를 본다.

화단을 지나가는 뒷마당 한쪽에 막대기를 세워 녀석들의 공간으로 내어준다. 어미는 새끼들을 뒷마당으로 몰아가며 냄새를 맡고 부엌문 앞을 맴돈다. 녀석들은 어미젖에 매달리다 성에 차지 않는지 분유통에 머리를 들이대며 몸싸움을 벌인다. 머잖아 어미젖을 떼고 예방 접종이 끝나면 뿔뿔이 흩어져야 한다. 이웃이거나 인터넷으로 알아봐도 딱히 갈 만한 곳이 없다. 이럴 수도 저럴 수도 없는 어려운 사정은 아랑곳없이 천방지축 뒹굴며 몰려다닌다.

은총이네 가족을 선산이 있는 움막집에 데려다 놓기로 했다. 시댁 인척들이 수시로 드나들고 있어 어미와 새끼들이 함께 있기에는 안성맞춤이다. 새끼들이 좀 더 크면 은총이는 집으로 데려오면 되겠거니 생각했다. 어느 날 성지 순례를 마치고 돌아오니 뒷마당이 휭하다. 남편이 일찌감치 개집과 함께 은총이와 새끼들을 싣고 가버렸다. 짐작은 했으나 갑작스러운 일이라 아쉽고 서운하지만, 별도리가 없었다.

은총이가 수척해 보인다. 퀭한 눈은 초점이 없다. 죽을 끓여와 주거나 생선 뼈다귀를 앞에 놓아주어도 덥석 물지 않는다. 주인에게 버려졌다는 것으로 알고 저러는 것일까. 은총이의 목을 쓰다듬는다. 모가지를 품 안으로 바짝 들이댄다.

"이곳에서 정을 붙여야 해. 새끼들이 크고 나면 다시 데리러 올게."

낮은 웅얼거림은 나중에야 공허함으로 돌아옴을 깨달았다. 은총이네 가족에게 뜻하지 않는 일이 생겼다. 움막집에서도 말썽꾸러기가 되어 떠나야 했다. 소소한 기쁨을 주는 충성스러운 은총이었지만, 개가 무조건 싫다는 이도 있으니 '서로 다름'을 인정해주어야 했다.

새 주인을 만나 아랫마을로 내려왔으나 은총이는 새끼들과 적응을 못 했다. 주인아주머니의 신발 끈과 털모자를 망가트리며, 새끼들과 한패가 되어 뒷마당에 있는 닭을 물어서 죽게 했다. 그

후 목줄로 단단히 묶여 울타리 안에 갇혔는데도 저지레는 끝이 나지 않았다. 녀석들은 줄을 끊고 울타리를 뛰쳐나와 동네 곡식밭을 헤집고 다녔다. 새 주인 장 씨도 도저히 감당을 못하겠다고 하였다.

요즘처럼 하루를 바쁘게 살아가는 사람들은 반려견과 함께할 공간을 점점 잃어가고 있다. 개장수에게 은총이네 가족을 데려가라고 했더니 한 마리당 이 만 원씩 달라고 한다. 개를 파는데 오히려 개 주인이 몸값을 내야 한다니 정말 어처구니가 없는 일이었다.

남편이 밤새 고민하더니 장 씨 아저씨에게 십만 원을 챙겨주어 개장수에게 보내자고 한다. 선산과 마을을 오가며 새끼들에게 예방접종을 마치더니 무 자르듯 정을 싹둑 자른다. 이튿날 장 씨 집으로 떠나는 남편의 등 뒤로 은총이는 데리고 오라고 소리 질렀다.

어둑해질 무렵 그는 빈 개집만 싣고 왔다. 새 주인의 말에 따르면 은총이는 새끼들과 충청도 어느 과수원으로 보내졌다 한다. 왠지 은총이가 개장수에게 넘겨졌을 것 같은 불안한 생각을 떨칠 수가 없다. 녀석이 냄새라도 맡아 천 리 길이라도 찾아오면 좋으련만. 누적된 피로감이 한꺼번에 몰려온다.

어머니가 집을 떠날 때였다. 딸애가 첫아이를 순산하여 해산바라지하러 가야 했다. 서울에 있는 큰언니 집에 한 달만 계시면 모시러 가겠다고 굳게 약속했건만 석 달이 지났다. 어머니는 서울로 가면 고향이 멀어져 당신의 집에 못 오실까 불안해했다. 늘 고향에 와서 묻혀야 한다고 입버릇처럼 말씀하셨다.

"된장국만 끓여 두면 전기밥솥에 밥을 찾아 먹을 수 있다."라면서 아이처럼 조르는 어머니의 말을 귀담아듣지 않고 넘겼다. 돌아올 수 없는 지난날의 회한은 그리움으로 남아 눈덩이처럼 쌓인다. 어머니 돌아가신 후, 집안일에 정을 못 붙이고 어머니의 흔적을 찾아 방방이 문을 열어보며 선무당처럼 돌아다녔다.

어머니에 대한 못다 한 그리움을 은총이에게 쏟으며 위안 받고 싶어 했을까. 빈 개집에 도둑고양이가 어슬렁거려 흘겨본다. 은총이 대하듯 녀석에게 손을 내밀면 아물지 않는 내 안의 붉은 흔적이 옅어져 갈까.

천국, 떼어 놓은 당상

매운바람이 분다. 찬바람이 들어갈까 봐 살그머니 어머니의 방 문을 연다. 기척이 없다. 평상시와 다르게 가쁜 숨소리가 없다. 순간 뜨끔하여 얼굴을 가까이 대어 본다. 숨을 깊이 몰아쉬며 가 슴을 달싹인다. 백발에 주름진 얼굴이다. 침이 말라 쉼 없이 오물 거리던 입은 되새김질을 멈추고 있다. 두 달 전 미용사 흉내를 내며 집에서 자른 머리는 어느새 길어서 귀를 덮고 있다. 멋스러 움을 아는 어머니에게 맞추자면 이번에는 좀 더 멋있게 잘라 봐야 겠다. 선잠을 깨울까 봐 조용히 문을 닫는다.

어머니는 한동안 평온했다. 한 발 앞서가던 행동도 보조를 맞추 어 잘 지켰다. 진통제부터 변비약까지 약봉지를 달고 살았지만 한 가지씩 약도 줄였다. 챙겨 주기 전에 약은 알아서 손수 먼저 드시곤 했다. 간혹 변비가 심할 때는 약을 분간도 없이 드시곤 하여 전쟁을 치르긴 하지만 당신의 자리를 잘 보존한다.

글을 쓰려고 컴퓨터 앞에 앉는데 어머니의 기척이 들린다. 방문을 열자마자 때를 놓치지 않는다. 밤 한 시가 넘었다고 귀에다 크게 말하지만, 어머니는 동문서답이다. "참 큰일이다. 주야로 저러고 앉아 있으니 살림 사는 사람이 따로 있어야겠다." 어느 때는 딸 같고 어느 때는 남의 딸인 것 같단다. 어머니의 동무가 되어 어릴 적 이야기를 듣고 있다. 크게 만족하여 이제는 우리 딸 같단다.

어머니는 내 머리를 원숭이 머리에 갖다 붙인다. 내 머리가 원숭이 같단다. 맞다. 미용사가 조심성 없이 손질한 머리는 감고 나면 짚북데기처럼 헝클어 오른다. 딸의 머리는 뒤로 단정하게 묶어야 예쁘단다. 뒤통수가 예쁘다는 말도 잊지 않는다. 원숭이 머리라고 놀리는 어머니의 웃음소리가 청아하다. 다섯 살 아이 같다.

잠든 사위 깨우지 말라고 어머니 귀에다 짐짓 엄포를 놓는다. 정신이 희미하다가도 자신이 놓인 자리를 애써 잊지 않는다. 잠시 침묵이 흐른다. 방안이 조용하다. 평소 활력 넘치는 낭만적이고 감성적인 당신 본래의 모습을 침범한 못된 딸이었음을 자각한다.

노병에는 특별한 약이 없는 듯, 어머니 옆에 누워서 친구가 되어 드리면 그 시간만큼은 몸에서 오는 통증을 잊는듯하다. 젊은 날 홀로 강건하게 육 남매를 키운 어머니지만 이제는 어린아이가 되어 자식 품에 안긴다.

어머니를 바라보면서 '밤을 하얗게 지새운다.'라는 말이 실감 난다. 눈 한 번 붙이지 않고 앉아서 밤을 새우는 어머니는 어디든지 함께이고 싶어 한다. 상을 펴놓고 형광 불 아래에서 성경을 필사하는데 "뭐하노? 나도 끼워주라."라고 티셔츠를 끌어당긴다. 생각 끝에 성경을 귀에다 바짝 대고 읽어준다.

"나는 와, 팔십 평생 성모님을 모르고 살았을꼬?" 어머니의 갑작스러운 질문에는 낙담이 섞여 있다. 얼마 전 집에서 신부님을 모셔와 세례를 받았고 어머니의 세례명 '마리안나'를 기억하려고 쓰기 연습을 하곤 했다. 어머니가 중얼거렸다. 아니, 어머니의 기도였다.

"저는 한평생 농사만 짓느라고 성모님을 모르고 살았습니다."

어머니의 기도는 큰 울림으로 다가왔다. 지금껏 자식들을 위해 앞만 보고 달려왔던, 시퍼런 젊은 날 거울 한 번 보지 않고 억척스럽게 산 모진 세월이었다. 어머니의 전부는 자식들에게 바친 삶이었다. 죽을 날이 머지않았다는 말을 입버릇처럼 하는 어머니였다. 팔십 평생 성모님을 모르고 사신 어머니가 이제 친히 죽음을 준비하려고 한다. 어머니를 다독였다. 조금도 늦지 않다고. 지금부터 하느님을 믿고 성모님께 기도하자고.

어머니는 벌써 하느님 앞에서 고운 사람이 되었다. 지난겨울, 붕어빵을 앞에 두고 망설이는 어머니를 보았다.

"왜 빨리 안 드세요?"

"꼬리를 먼저 먹을까, 머리를 먼저 먹을까?"

어머니는 엄두를 못 내고 있었다. 붕어빵이 아파할까 봐서란다. 일찍이 내가 보아온 어머니의 가장 고운 모습이었다. 서른여섯에 혼자된 어머니는 사내대장부처럼 강직했다. 닭 모가지도 사정없이 비틀어 육 남매 자식들에게 해 먹였다. 성모님을 일찍 알지 못한 낙담은 어머니에게 크게 문제가 되지 않았다. 지금처럼 고운 마음만 품고 있다면 하느님 나라는 떼어 놓은 당상이다.

'하느님 고맙습니다! 성모님 고맙습니다!'

모든 것에 감사하는 순간이다. 성호를 긋고 또 긋는다.

상엿소리

밤낮이 바뀐 어머니는 밤에 잠을 안 잔다. 잠을 설치는 날에는 둘이서 윷놀이를 한다. 어머니는 윷말을 쓰는 데 능숙하다. 안 떼 뒷윷으로 내가 잘 알지 못하는 용어를 말하는 어머니는 눈을 감고도 훤하다. 동네 회장으로 마을회관에서 윷놀이 할 때로 돌아온 듯 기운차다. 네 판을 내리 놓고 나니 기운이 떨어져 그만하잔다. 기분 좋게 우리는 비긴 거로 매듭을 짓는다.

숨을 가누는 어머니에게 노래를 해보라고 권한다. 어머니는 '상엿소리'를 구성지게 잘한다. 어머니가 부르는 상엿소리를 옆에서 따라 적는다. 가슴이 뭉클거린다.

너하우 너하우
간다, 간다, 나는 간다. / 어~허이, 어~허이,
북망산천 찾아간다. / 어~허이, 어~허이, 어~넘자 어~하

이제 가면 언제 오나. / 어~허이, 어~허이,

고생살이를 못 면하고 북망산천을 가는구나.

너하우 너하우 – 중략 –

어머니는 요즘 자주 어릴 때 시절로 돌아가 머물러 있다. 동네에서 또래 아이들이 상여 노래를 부르면 수염이 허연 친척 할아버지가 작대기를 들고 쫓아오며 줄초상 난다고 꾸중했다고 한다. 어머니의 친정 동네는 이씨 성을 가진 집성촌으로 이루어져 있다.

어머니는 손사래를 치며 작대기를 들고 아이들을 쫓는 시늉을 한다. 호흡이 차다고 길게 숨을 몰아쉰다. 구성진 노랫가락을 함께 부르며 손으로 장단을 맞춘다. 상엿소리가 깊어갈수록 눈물이 내 볼을 타고 흥건하게 흘러내린다. 어머니가 눈이 어두워 다행이다.

네 살 적 아버지가 돌아가신 어느 봄날, 벚꽃이 피던 음력 사월이었다. 학교 담으로 아름드리 벚나무가 숨을 죽이고 있었다. 아버지의 관은 꽃상여로 드리워졌다. 나는 아직 슬픔이 무엇인지, 어쩌면 철이 없어 다행이었다고 해야 할까. 상여는 선산을 향해 언덕 너머 저만산 양지골로 향하고 있었다. 상여와 함께 수십 개의 만장이 따르고 면소재지 삼단마을 사람들이 줄지어 가는 모습이 영사기처럼 스쳐간다.

초가집 아래채 헛간에 아버지의 빈소가 차려졌다. 아침마다 어머니는 소리 높여 곡을 했다. 어머니가 논밭으로 나가고 무료해질 때면 나는 빈소를 들여다보곤 했다. 바람이 숭숭 들어오는 헛간은 썰렁했다. 아버지의 영정 사진이 있고 낮은 상 위에는 찬물 보시기가 놓여 있었다. 들꽃이라도 한 송이 꽂혀 있었더라면, 아버지가 계신 곳이 '아름다운 곳이구나!' 하고 여겼을까. 허전한 외로움이 내 몸속을 깊숙이 감돌며 어렴풋이 슬픔이라는 것이, 어떤 표현할 수 없는 느낌으로 팽팽해져 왔다.

수십 년이 지난 지금도 회색으로 떠오르는 빛깔은 아버지의 초상 때 보았던, 깃발로 펄럭이던 만장이다. 무지개처럼 다양한 빛깔이었지만 내 기억에 남는 것은 회색이었다. 아버지가 돌아가신지 여러 해가 지나도 어머니는 만장의 일부를 태우지 않고 장롱 안에 보관했다. 내가 초등학교 저학년 때쯤일까, 알 수 없는 한자가 빼곡히 쓰인 만장은 보자기로 쓰였다. 책 보따리는 반듯하게 네 면을 박음질한 것도 아니었다. 실밥이 튀어져 나왔으며 옆 짝지가 한자를 보고 무슨 글자냐고? 내 책 보따리에 관심을 두지 않았다면, 아버지의 만장은 좀 더 긴 시간 책 보따리로 쓰였을지 모른다.

어린 시절 어머니가 꾸린 집안 살림은 너무 맑았기에 어른이 되어서도 회색 만장 이야기는 어머니에게 꺼내 본 적이 없다. 만장이 내 책 보따리라는 게 싫었듯이 어머니 또한 아픔이었을 것이다. '상엿소리'를 구성지게 토해내는 어머니는 아버지의 만장을 기

억하고 있을까. 오랜 세월 천근의 무게로 돌아가신 큰오빠를 가슴
에 묻고 살아온 어머니, 자식의 일도 까맣게 잊은 듯, 이제 아버지
곁으로 가시는 일만 남았다고 입버릇처럼 말씀하신다. 슬픔도 그
리움도 훨훨 털어버리고 가볍게 날갯짓하는 한 마리 새처럼 하늘
로 날아가는….

양지골

아침부터 분주하게 움직였다. 무엇이든지 달게 잡숫던 친정어머니가 언제부터인가 입맛을 잃고 자주 자리에 누우시곤 한다. 농사일을 눈앞에 두고 어지간하면 누워 계실 리가 없건만 어머니도 이제 기력이 많이 떨어졌다.

끓인 곰국을 냄비에 옮겨 담는다. 평소 어머니가 좋아하는 두부조림과 말린 다래 순을 조금 챙기고 고등어도 서너 마리 바구니에 담는다. 출발하기 전에 어머니에게 전화한다. 미리 연락하면 종일 전화기를 잡고 애를 태운다. 제시간에 도착하지 않으면 졸음운전으로 사고라도 당한 건지, 별별 생각을 다하고 마음을 졸이신다. 가게에 들러 목을 축일 만한 음료수를 사며 이것저것 빠진 게 없나 챙겨본다.

막 나서려는데 전화벨 소리가 울린다. 어머니의 음성에는 벌써 걱정이 잔뜩 묻어있다. 하루해 넘어가기 전에 빨리 오라는 독촉이다.

먹지도 마시지도 않은 분치고 목소리만은 여전히 카랑카랑하다.

"언제 올 거냐? 온상 안에 뿌린 열무와 상추는 허리춤에 와 있고 양지골 두릅은 꺾을 때가 넘었다."

귀에 익은 어머니의 쟁쟁한 목소리에 실없는 웃음이 난다. 목소리로 봐서는 아직은 돌아가지 않으실 것 같다.

어머니의 끊임없는 노파심은 마음을 누르고 수양하기에 충분하다. 걱정이 한둘이 아니다. 봄갈이 농사가 시작되면 씨뿌리기부터 가을걷이가 끝날 때까지 부름을 받으면 달려갈 준비가 되어 있어야 한다. 자식들을 품 안에서 또 다른 보금자리로 떠나보내고 이제는 어머니도 조금 수월하게 지냈으면 하는데 농사일은 끝이 없다. 멀리 있는 자식들은 자주 드나들 수 없으니 공들여 지은 채소 농사는 어머니의 마음을 충분히 내려앉게 만든다. 예전처럼 시장에 내다 팔만한 기력도 없다. 자식들이 자주 들르지 않으면 채소들은 거름더미에 버려지고 말지만, 밭을 놀릴 수 없기에 채소밭 가꾸기는 줄어들지 않는다.

힘이 달리고부터는 어머니는 일할 욕심에 술을 한 잔씩 한다고 했다. 술의 힘으로 혈색이 오른 어머니의 얼굴은 시름을 잊은 듯 '청산리 벽계수'를 읊는다. 젊은 날 아버지를 먼저 보내시고 어린 육 남매를 키워낸 시름과는 다른 어머니만의 낭만이 멋스럽다. 장작개비처럼 거칠고 바싹 마른 손으로 다 큰 딸의 얼굴을 쓰다듬으며 등을 토닥인다. 어머니가 보통 때 술을 마시는 걸 별로 보지 못했다. 어머니에 대해서라면 무엇이건 다 안다고 생각했는데 언제부터 술을 좋아하셨는지. 딸의 무심함에 그저 죄송함과 안쓰러움이 뭉뚱그려 울컥한다.

"술은 조금만 드세요. 몸에 좋지도 않은데…."

"내야 어디 술을 마시나. 일할 욕심으로 한 잔씩 하지."

어머니에게 볼멘소리로 주의를 주면서도 다음에는 술을 한 병씩 꼭 챙겨 오리라 마음먹는다.

어머니를 자동차에 태우고 어릴 적 길을 나섰다. 아버지 산소가 있는 양지골 들길은 몰라보게 변해 버렸다. 비탈 산길은 여우가 재주를 넘는 고개라 하였다. 고갯길이 무서워 작은언니와 콩 다발을 머리에 이고 걸음아 날 살려라 하고 뛰어서 오르던 길이었다.

가을이 익어가는 어느 해였다. 작은언니는 다리에 붕대를 감고 있었다. 아이들과 놀다 다쳐서 한동안 고생을 하던 중이었다. 어두운 밤에 저 너머 언덕에서 여우 울음소리가 들려왔으니 얼마나 무서웠던지. 간이 콩알만해져서 언니 뒤를 바싹 뒤따랐다. 언니는 아픈 다리도 잊은 채 번개처럼 빠르게 뛰었다. 뒤에서 땀을 뺄뻘 흘리면서 언니의 발걸음을 잡는데 저쪽 고갯마루에서 어머니의 목소리가 메아리가 되어 울려왔다. "난아, 진아" 골짜기가 떠나가도록 부르는 소리에 '이제 살았구나.' 싶었다. 우리도 목이 터져라 "엄마" 하고 불렀다. 안도감과 기쁨이 한꺼번에 봇물 터지듯 밀려왔다.

아련히 떠오르는 여우고개에서 무서운 울음소리는 확실히 여우였을까. 세월만큼 신빙성이 사라지지만 어머니의 메아리는 지금도 내 안에서 토닥이며 안정제 역할을 한다.

산으로 둘러싸인 작은 마을은 언제 봐도 정겹다. 봄이면 뒷산 비탈길에는 하얀 싸리꽃 무더기와 선홍색 철쭉이 천지를 환하게 수놓는다. 양지골은 어머니가 한평생 흙과 함께 어우러지다 자연으로 돌아가는 보금자리다.

오라버니의 기일에

덩그러니 한 장 남은 달력에서 어머니의 생신과 겹치는 큰오라버니의 기일을 헤아려본다. 이맘때면 그동안 잊고 지냈던 오라버니의 흑백 사진과 빛바랜 편지를 장롱 서랍장에서 들추어 본다. 오래된 흔적은 한 그루 겨울나무로 고고하게, 때로는 홑겹인 추위로 떨게 한다.

아버지의 갑작스러운 죽음은 오라버니를 일찍 철들게 했다. 육남매 중 맏이로 가장의 빈자리를 대신하며 어린 동생들을 뒷바라지했다. 오라버니의 고등학교 졸업식 날이었다. 읍내 가축시장에서 돼지 새끼 두 마리를 자전거에 싣고 왔다. 그동안 학교에서 조금씩 저축한 돈을 찾은 것이다. 삼십 리 통학 길에 점심을 굶으며 고물 자전거를 끌고 다녔던 오라버니는 맏이로서 빈틈이 없었다.

오라버니가 헛간을 손질하여 돼지우리를 만들었다. 녀석들은

종일 꿀꿀거리며 튼실하게 자라 우리들 학자금으로 쓰였다. 오라
버니는 졸업과 함께 직장에 다니면서 주말마다 일손을 도우러 집
으로 왔다. 그해 여름, 서풀 앞 다섯 마지기 나락 논에 농약을
치는 해거름이었다. 시외버스를 타려면 서둘러야 할 시간이었다.
오라버니얼굴에 피곤한 기색이 역력했다. 상반신을 이불에 기댄
채 깜빡 잠이 들었는지 일어나질 않았다. 그날 저녁 중간에서 막
차가 끊겼다. 가난이 몸에 배어 여관이 아닌 인근 숲에서 모기를
쫓으며 밤잠을 청하고 이튿날 새벽차를 탔다. 그 무렵 몸이 많이
나빠졌다는 징후를 오라버니가 떠난 후에야 식구들은 알아차렸
다.

　산간 지방인 고향에는 일찍 첫눈이 내렸다. 첫눈이 오면 반가운
손님이 온다는데 뜻밖이었다. 오라버니가 택시에 실려 왔다. 어
머니는 서둘러 읍내 병원에 입원시켰다.

　작은 온돌방에서 초췌한 모습으로 오라버니가 누워 있었다. 어
머니는 연탄 불구멍을 활짝 열어 방을 뜨끈하게 데우고 오라버니
가 좋아하는 배를 수북하게 깔았다. 농사일에 빠져 살던 어머니는
모처럼 오라버니 옆에서 오붓한 시간을 보내며 병간호를 했다.
나는 학교를 오가며 오라버니가 읽을 수 있게 짬짬이 책을 병실에
가져다 놓았다. 그때 오라버니가 병석에서 읽던 ≪안네의 일기≫
는 표지가 누렇게 바래진 채 내 책꽂이에 꽂혀 있다. 나보다 열
살 위인 오라버니는 누이들에 대한 애정이 남달랐다. 같은 학년인

나와 경이가 나란히 책가방을 들고 다니는 모습을 병실에 누워서 흐뭇하게 바라보곤 했다. 오라버니는 명절 때마다 누이들의 새 옷을 사 왔다. 나와 막내 경이는 비슷한 체격이라 색깔만 다르게 쌍둥이처럼 입었다. 옷을 살 때는 진주 이모가 오라버니 곁에서 항상 도와주었다. 우리의 설빔 옷은 도시적이며 세련되고 멋졌다. 그해 십이월은 오라버니와 함께하는 마지막 겨울이었고 밖에는 천연덕스럽게 함박눈이 펄펄 내렸다.

오라버니가 읍내병원에서 부산 메리놀 병원을 거쳐 진주 도립 병원에 온 지 한 달여 만이었다. 마지막 순간까지 희망의 끈을 놓지 않았던 오라버니였다. 병실에 누운 채로 어머니의 생신날이 다가왔다. 오라버니는 해쓱한 모습이었지만 깨끗이 면도한 얼굴에 사뭇 정신도 맑았다. 어머니 생신인데 누워 있어 죄송한 마음인지라 큰누이에게 모시고 나가서 맛있는 음식을 사들이도록 했다. 당신은 이따금 비몽사몽간에 끝없는 숲길을 따라 강물 위를 걸으며, 이틀 후 돌아올 수 없는 강을 건너갔다. 급성 백혈병이었다.

오라버니가 화장터 안치실에 있던 밤, 나는 시골집을 홀로 지켰다. 지금 생각하면 집을 비우고 다 같이 장례식장에 참석해도 될 일인데 왜 집을 지켜야 했는지, 그날 밤 오라버니가 어려운 수학 공식을 다 알지 못하고 죽어간다는 생각에 슬피 울었다. 어머니에게는 스물아홉 살 맏자식이 결혼도 못한 채 죽어가는 일이 뼛속 깊이 원통하고 애통한 일인데, 나는 모호하게 어려운 집합 공식을 다 알지 못하고 죽어간 오라버니를 두고 서러워했다.

오라버니가 세상을 떠난 후 오랫동안 꿈을 꾸었다. 오라버니가 초췌한 모습으로 홑겹인 윗도리를 걸치고 아궁이 앞에서 군불을 지피고 있었다. 나는 조급한 마음으로 오라버니를 꼭 붙들어 두고 싶어 허둥대었다. 새벽녘 꿈에서 깨어나면 베갯잇이 흥건하게 젖어있고 명치끝이 아렸다.

오라버니의 편지를 읽는다.

어머님 전상서

농사철에 얼마나 고초가 많으십니까. 소자 시간을 내어 집에 가려고 해도 시간이 나지 않는군요.

며칠간 아파서 하숙집에 누웠더니 제 일들이 많이 밀려서 시간을 내지 못했습니다.

어머님.

언젠가는 우리 식구들만이 모여 오순도순 정답게 웃음꽃을 피우고 이야기할 날이 있겠지요. 내일을 향하여 살아봅시다.

−중략−

1976년 10월 28일 경북 의창에서 소자 드림

편지를 쓴 잉크가 채 마르기 전에 오라버니는 천상으로 떠났다.

한 달여 만이었다. 오라버니의 편지는 사십여 년의 세월을 거슬러 올라간다. 농사일에 지친 어머니의 건강을 염려한다. 동생들의 학비를 부치며 식구들의 근황을 일일이 챙기고 격려하며 가족의 앞날에 희망을 걸었다.

한 장 남은 달력을 펼치며 오라버니 기일을 짚어본다. 무심한 세월 속에 오라버니를 가슴에 묻고 달려왔다. 스물아홉, 당신의 넋을 우리 가족에게 불어넣어 주고 사라져갔다.

오라버니의 기일을 맞아 그 영혼을 기리며 오래된 상념 속으로 젖어든다.

엄마의 이모 집 나들이

엄마를 모시고 이모 집을 찾았습니다. 대문을 들어서면서 엄마하는 말씀이 한 십 년 만에 와보는 것 같답니다. 글쎄요, 몸이 불편한 뒤부터 방 안에서만 지냈던 터라 하루가 한 달 같고 일년이 십 년 같은가 봅니다. 정확하지는 않지만 일 년은 넘은 것 같기도 하네요. 이모가 편찮으신 이후 이웃에 살아도 인편으로 소식만 듣고 두 분이 서로 보기가 힘들었으니 말입니다.

가끔 이종사촌인 광종이 오빠가 전령사처럼 설, 추석 명절 끝에 들르곤 했습니다. 몸이 성하지 않았던 오빠는 엄마 옆에 누워있다가도 담배를 피울 때면 담배꽁초가 수북하도록 바깥을 서성이다가 들어오고는 했습니다. 연기가 엄마 눈에 매울까 봐 염려한 것이지요.

현실과 이상을 넘나들던 오빠였습니다. 욕심이 없고 가족들에게 따뜻하고 배려심이 깊었지요. 오빠는 나를 아꼈습니다. 정작 내 형제들도 서로 챙겨 주지 못하는 생일날을 기억하고 전화를 걸어주곤 했습니다.

그는 두 달 전 죽음을 맞이했습니다. 오빠가 아프다는 소식은 들었지만, 너무 갑작스러워 이승에서의 마지막 만남을 놓치고 말았습니다. 당이 많아 고생했지만, 병원 가는 것도 거부하여 응급실에 도착했을 때는 이미 늦었나 봅니다. 입관 예식에서 세상을 하직하는 오빠의 얼굴은 평화롭게 미소 짓고 있었지요. 가족들이 슬픔 속에서도 안심할 수 있도록 맑고 평온한 모습이었습니다. 어질고 자상했던 오빠였지요.

엄마는 오빠를 잊지 못해 동생인 이모를 찾아봐야 한다고 언제 적부터 졸랐습니다. 우리 집 계단이 높아 오르내리기가 힘들어 밖에는 거의 나가지 못했던 엄마였지요. 더 기운 빠지기 전에 이모와 만나게 하는 것이 좋을 듯해 아침부터 서둘렀습니다. 계단에서는 사위가 엄마를 업고 휠체어에 태워 이모 집으로 갔습니다.

그간 켜켜이 쌓인 슬픔으로 할 말이 많은 듯하지만, 두 분은 정작 만나서 서로 말을 잇지 못합니다. 하물며 귀가 어두우니 엄마는 답답해합니다. 옆에서 제가 이모의 말을 통역합니다. 동병상련의 심정으로 동생의 손을 마주 잡고 마음껏 울고 싶은데 이모는 별말씀이 없습니다. 꿈에도 그리던 동생이지만 서로 손만 잡아보고 예전의 허물없는 사이는 어두운 귀가 허락하지 않습니다. 두 노인이 마루에서 꼬물꼬물 무릎으로 기어가며 방 안으로 들어

가는 모습은 쓸쓸함으로 가득 차 있습니다.

몇 분도 안 되어 엄마는 대소변으로 주변을 산만하게 합니다. 차근차근하게 대화할 시간도 없이 쫓기듯 일어서야 했습니다. 자매간의 상봉은 고무풍선에 바람이 새듯 싱겁게 끝났습니다. 옛날의 따뜻하고 정 많은 이모도, 이해심 많고 너그러웠던 엄마도 아니었습니다. 두 분은 앙상한 겨울 나목으로 낯설게 바라보고 있었습니다.

이층 계단에서 엄마가 기어서 한 칸 한 칸 올라가는데 마침 남편이 내려와 나와 둘이서 엄마의 팔다리를 각각 잡고 올라왔습니다. 엄마는 송아지를 둘러메고 가는 것 같다며 아이처럼 하하 웃습니다. 저도 깔깔댑니다. 엄마를 내려놓고 나니 등줄기에 땀이 범벅입니다. 녹초가 되어 큰 대 자로 누웠습니다. 땀을 닦으며 엄마가 하고 싶은 일을 오늘 한 가지 해서 마음이 가볍습니다.

엄마는 돌아가시기 팔 개월 전 요양원으로 들어가셨고 이모도 두 달 뒤에 요양원으로 들어갔습니다. 그 후 엄마와 이모는 한 번도 만나지 못했습니다. 돌이켜 보면 두 분의 마지막 상봉은 서로에게 이별을 고하며 이승에서의 정을 떼는 날이었나 봅니다.

엄마가 떠나가신 지 사 년이 흘렀습니다. 이모는 여전히 요양원에 계시며 엄마의 죽음도 모른 채 병실 침상에서 세상을 잊고 고요히 누워 계십니다. 천상을 꿈꾸듯.

사모곡

어머니! 그곳에서 평안하신지요? 오늘은 어머니가 세상을 떠나시고 맞는 어머니의 첫 생신날입니다. 카네이션과 케이크를 준비하여 산소라도 찾아가고 싶은 날입니다. 손녀 윤슬이가 눈병이 나서 아침부터 병원에 와 있습니다. 손녀딸 나이만큼 어머니와 떨어져 산 시간이기에 마음이 더욱더 허허롭습니다.

어머니, 천년만년 우리 곁에 계실 것 같았던 어머니도 수의를 입었습니다. 나무 관 속에서 동여맨 작은 몸은 얼음과 국화 송이를 홑이불 삼아 홀로 북망산천으로 가는 길, 외롭고 난달 같아 보였습니다. 얼굴만 내놓고 계시는 두 볼은 차갑습니다. 손바닥으로 볼을 비벼 드리고 따뜻하게 데워보려 해도 시간을 되돌릴 수는 없습니다. 온몸이 삼베로 쌓여 손 하나 잡을 수조차 없네요. 꿈인가 생시인가 헛울음 울다가 오른쪽 이마의 저승꽃이 오히려 반가움으로 묻어옵니다. 낯설지 않은 흔적이 생생히 눈으로 들어와 아아, 비로소 어머니의 죽음을 실감합니다.

어머니가 당부의 말씀을 하시는 듯합니다.

"아들딸아! 건강하여라. 서로 잘 지내다오."

왼쪽 눈은 약간 실눈을 하고 계시기에 큰언니가 감겨 드리고 저도 따라 쓸어 드립니다. 약간 벌린 입은 솜뭉치가 하얗게 보여 꼭 다물지 못합니다. 구안괘사로 고생했던 흔적이 저승길에서도 따라가고 싶었나 봅니다. 평소에 구부려진 한쪽 다리가 힘들었는데 쭉 뻗고 가신다고 장례관리사가 마음을 다독여 줍니다.

어머니, 이제는 헤어질 시간입니다. 가족들이 한 사람씩 고인과 작별 인사를 나누고 물러섭니다. 못다 한 이야기가 아직 끝나지 않았는데 어디서 보따리를 풀어야 할지요. 어머니께서 쓸쓸히 여겼던 왜바람이 이따금 몰려옵니다. 어머니의 구수한 언변은 주변을 사로잡았지요. 콸콸 물이 흐르듯 감칠 맛 나는 이야기를 하나도 놓치지 않고 들어야 했는데 아아, 너무 늦었음을 깨달아야 합니다.

어머니, 당신께서 떠나시기 스무날 전부터는 소통이 불가했습니다. 멍한 눈빛은 너무 깊어 종잡을 수가 없었지요. 도무지 어디로 향하시는지 하염없는 눈길을 따라잡을 수가 없었습니다. 그 순간 어머니는 천상으로 들어가는 하늘의 문을 찾아 긴 여행을 떠나는 중이었나 봅니다. 우둔한 저는 아무것도 모른 채, 평상시처럼 또 다음날을 기약하며 어머니 곁에서 무거운 발걸음을 떼어

놓았습니다.

어머니! 돌아가시는 날까지 딸과 함께 살았으면 하셨는데 그 약속을 지켜드리지 못했습니다. 분주한 제 일상을 정리하고 한 달 후에 어머니를 모시러 가면 될 줄 알았습니다. 저의 어리석음과 부족함이 두고두고 회한으로 남습니다.

어머니를 모셔오고 싶어 요양원에 갔습니다. 기력이 이미 떨어진 어머니는 한 발짝도 움직일 수 없는 상황이라 그곳에서도 허락하지 않았습니다. 링거주사만 맞혀드리는 것이 고작 딸이 할 수 있는 일이었습니다. 제가 하느님 말씀에 좀 더 깊이 귀 기울였다면 어머니를 외롭게 떠나보내지 아니하였을까요?

어머니, 우리 자식들은 끝없이 퍼 주는 부모의 사랑에 비하면 진득한 사랑을 못 하는가 봅니다. 부모의 사랑은 당연하게 받아들이면서, 염치없게도 두 발을 흠뻑 담그지 못하고 외발 서기 사랑을 하고 있었습니다. 삶이 실타래처럼 헝클어져 어마도지하게 흘러갈 때 어머니를 영영 떠나보내고 말았습니다.

어머니 부고 소식에 책상 앞에 꿇어앉아 '복된 죽음을 위한 기도'를 받쳤습니다. 어머니 살아생전 무릎 꿇고 성모상 앞에 바치던 기도였습니다.

어머니가 떠나신 후, 왜바람이 강풍으로 몰아쳤기에 뿌리째 흔들거렸습니다. 언제나 버팀목으로 자식들을 격려하며 용기를 주셨던 어머니셨습니다. 당신께서는 한평생 굴곡진 삶을 멋들어지게 풀어놓으며 열정적으로 살았습니다. 서로 의지하며 친구처럼 저희 곁에서 항상 계셨던, 이 세상에서 가장 훌륭한 하나밖에 없는 저의 어머니였습니다.

시월의 끝자락에서, 어머니께서는 하늘나라로 훨훨 가셨습니다. 딱 한 달만이라도 함께 있게 해 달라 했던, 제 부질없던 욕심 이제는 내려놓습니다.

어머니의 영혼이 하늘나라에 올라 영원한 행복을 누리시길 빕니다. 어머니, 사랑합니다, 고맙습니다.

보금자리

찜통더위에 딸애가 손주들을 데리고 내려왔다. 손녀의 어린이집 방학으로 딸애도 아이들 틈에서 나름대로 친정에서 쉬려고 온 것이다. 방학이 시작되는 대로 아들네 집으로 떠나려던 계획을 미루었다. 방 하나에 에어컨을 틀며 끼니때마다 부엌에 가스 불을 켜니 찜질방이 따로 없다. 돌 지난 손주가 땀을 많이 흘려 애를 태운다. 손주들은 마당에 설치한 풀장에서 힘이 넘치도록 잘 뛰어논다. 더위를 잊은 손주들이 그저 예쁘고 고마울 따름이다.

몇 년 전부터 더위를 방 한 칸에서 해결했다. 남편이 손수 지은 단독 주택은 사십 년을 눈앞에 두고 있어 손 볼 데가 많다. 그동안에 두 번 큰돈을 들어 집수리했지만, 아파트처럼 편리성을 따라잡을 수는 없다. 마루에 놓아둔 크고 오래된 에어컨은 전기세도 많이 나올뿐더러 한 번 켜려면 방방이 문을 닫아야 하니 예삿일이 아니다. 갈수록 귀찮아져 일 년에 한번 틀던 에어컨은 요즘 아예

꺼놓고 방 안에서 지낸다. 방 하나에서 지낼 수 있었던 것도 그동안 아이들이 집을 떠나고 식구라야 남편과 둘 뿐이니 가능했다.

딸애를 보며 보금자리가 떠오른다. 첫돌과 여섯 살, 자식들을 '내 새끼' 하며 끔찍이 사랑한다. 세상에서 가장 편한 곳이 제집이라고 노래한다. 여섯 살 손녀 또한 말끝마다 '세상에서 내 집이 제일 좋다'고 한다. 어린애가 우리 집도 아닌, 내 집이라고 하여 웃음바다로 만든다. 모녀끼리 똑같음을 보며 무엇보다도 믿음직한 사위에게 고맙다. 사랑스럽고 다정한 손길로 자식을 키우는 딸애한테는 가족들에게 신뢰와 든든함으로 받쳐주는 사위가 있어 소중한 보금자리가 보전되지 않나싶다.

자식을 곧게 키운 사돈댁 어른들이 고마울 따름이다. 딸아이가 시어른들의 애씀을 염려하며 살가움으로 대할 때면 마음이 놓인다. 나 또한 시어른이 있었지만 참 어렵게 지냈던 것 같다. 시집살이를 모질게 받은 일도 아닐 텐데. 자기표현을 환하게 하고 사는 딸아이를 보면서 세대 차이라고 나를 위안한다. 예쁘고 너그럽게 감싸주는 사돈댁에게 좋은 시어머니가 될 수 있도록 한 수를 배울 따름이다.

아들의 짝으로 서로에게 소중할 착한 인연을 그려본다. 자식들이 소중한 보금자리를 잘 이끌어 가도록 기도하는 마음으로.

고별식

　가까이서 봐 오던 성당 교우인 한 자매님이 임종을 준비하기 시작했습니다. 오월, 성모 성월 준비로 오전 미사를 마치고 오카리나 연습 중인데 대학 병원에서 급히 연도를 바치러 오라는 연락이 왔지요. 우리 성당 단체에서 함께 활동하던 자매님이어서 모두 특별히 지내왔던 터였지요.

　이탈리아 로마 성지 여행을 함께 한 친구 한 명이 두 해 전에 먼저 천국의 문으로 소풍을 떠났습니다. 이번에 가까이서 두 번째 임종을 지켜봅니다. 떠나는 이와 보내는 이의 고별식은 보는 이로 하여금 가슴이 저리도록 주체하기 힘든 과정입니다.

　운명을 앞둔 이의 숨이 급하게 곤두박질치며 호흡이 바닥으로 내리치기를 몇 차례. 가족들이 손을 교대로 잡으며 머-언 소풍 길 떠나는 임에게서 이별을 고합니다. 이승과 저승의 갈림길에서 어머니와 자식은 생명의 끈을 놓지 못합니다. 사랑하는 가족들의 깊은 슬픔을 어떻게 말로 표현해야 할까요. 사경을 헤매던 임의 영혼은 고요히 천상으로 떠나갔습니다.

임을 보내며 임종 기도를 바칩니다. 하느님의 인도하심으로 천상으로 평안히 가시는 임과의 고별식이었습니다.

'주여, 자매님의 고통을 거두어 주소서. 그 영혼이 천상낙원에서 영원한 행복을 누리게 하소서! 아멘!'

암으로 투병 생활을 한 지 몇 년째인 그녀였습니다. 지난달 오월 둘째 토요일 모임에서 손뜨개질한 하얀 모자를 쓰고 나타났습니다. 그날따라 변덕스러운 기후로 날씨가 추웠지요. 평소 멋스러운 그녀는 흐트러진 모습을 좀처럼 보이지 않는데 어쩐지 힘들어했습니다. 점심식사는 거의 하지 못했고 '이제 보면 언제 보려나' 싶어 나왔다고 했지요. 몇 년째 누워 지내다 보니 김치를 제대로 못 담아 먹는다는 말로 환자를 돌보는 가족들에 대한 고마움과 미안한 마음을 은연중 비추었지요.

수시로 찾아오는 통증을 그동안 의연하게 잘 참아온 그녀였기에 건강한 저 자신이 오히려 부끄러웠습니다. 멀쩡한 육체를 가진 사람이 무엇이 힘들어 사흘이 멀다고 고뇌와 번민에 빠져 사는지, 건강한 정신으로 힘을 북돋워 김치를 꼭 한 번 담아 주고 싶었습니다.

이틀 전 호스피스 봉사를 하려고 가까운 종합병원의 암 병동을 찾았습니다. 머리 감기기 요청이 들어왔기에 병자 일지를 보니 그녀였습니다.

지난 금요일 병실에 급히 입원했더군요. 하느님의 인도하심인지 그녀 옆에서 한두 시간을 같이할 수 있었습니다. 바싹 마른 발뒤꿈치는 아기 발처럼 보드랍고 가벼웠습니다.

능숙하게 환자를 다루는 간호사 출신인 자매와 손을 맞추어 머리를 감겼습니다. 페트병에 물을 넣어 그녀의 짧은 머리를 조심스레 헹굽니다. 퀭한 얼굴이지만 가만히 입가에 미소를 담은 그녀의 표정이 맑고 환하게 다가왔습니다.

"성님, 웃으니 참 예뻐 보여요."

"그냥 받기만 하고 나는 언제 베풀어야 할까?"

기운 없는 그녀의 웅얼거림이 마냥 안쓰러웠습니다. 마르고 가녀린 그녀의 손을 꼭 잡았습니다. 병실을 나설 때 그녀는 엷은 미소로 내게 화답했지요. 늦은 점심인 양 딸애가 먹여 주는, 김에 싼 하얀 밥을 천천히 한입 베물었습니다. 김치랑….

전혀, 갑작스레 다가올 죽음을 예감 못했습니다. 임을 향한 김치 담기는 마음으로 끝내야 했습니다. 떠날 때는 가벼이 깃털처럼 가나 봅니다.

죽음 앞에서는 우리는 숭고해집니다. 장례 미사를 치르는 동안 초연하고 겸허해지는 내 안의 여과는 주님이 주시는 은총입니다.

주님은 찬미 받으소서. 죽은 모든 이들의 영혼이 하늘나라에서 영원한 행복 누리게 하소서.

04

진달래가 뭐꼬?

엄마는 요즘 글이 되지 않는다.

갈수록 삭막한 마음에 맑은 영혼이

들어 올 자리가 없는 듯해 고심한다.

메말라 가는 내 마음에 자꾸 물을 주어야 하는데

이 더위처럼 가물기만 하니 펌프질해야겠구나.

사람은 기도하며 살아가야 하는 것 같다.

너를 위해 달력에 동그라미를 그어 가며

9일 기도를 성모님께 바친다.

또한 성당 가는 일이 기쁨으로 넘치도록 살아가고 싶구나.

－〈이등병 요셉에게〉 중에서

첫눈

어릴 적 고향 동네에는 눈이 많이 왔다. 밤사이 하얗게 쌓이면 산토끼가 먹이를 구하려 마을로 내려와 발자국을 남겼다. 아이들은 녀석의 흔적을 쫓아 눈 덮인 산비탈을 종일 쏘다녔다.

전깃불과 수돗물이 없던 시절이었다. 호롱불을 밝히며 아궁이에 솔가리로 불을 지폈고 물을 길어 먹었다. 여자들은 물동이를 이고 샘물이 있는 미끄러운 숲길을 오갔다. 장정이 있는 집은 힘센 남자들이 물지게를 지고 다녔지만 아버지를 일찍 여읜 우리 집은 어머니와 형제들이 물을 번갈아 퍼 날랐다.

겨울이면 산으로 나무를 하러 다녔다. 집집이 나무 다발을 차곡차곡 쌓아두며 일 년 땔감을 미리 준비했다. 마른 나뭇가지를 베고 썩은 밑동을 발로 차면 쉽게 뽑혔다. 어쩌다 소나무 아래에 발갛게 덮인 솔가리를 발견하면 보릿고개에 흰 쌀밥을 보듯 반가웠는데 누군가 볼까 봐 가슴이 두근거렸다. 옆도 돌아보지 않고 갈퀴로 긁어모았다. 두근거리는 마음은 함께 나무를 하러 간 다른 아이들에 대한 경쟁심이 발로였다. 다행이랄까 가슴을 쿵쾅거려야 할 일은 자주 일어나지 않았다. 골짜기의 눈 덮인 산은 겨울이 길었다.

눈 오는 겨울밤, 윗목에 놓인 멱서리에서 고구마를 꺼내 깎아 먹으며 또래의 아이들과 밤새도록 새끼를 꼬았다. 새벽녘 뒷집 순희와 함께 꼰 새끼줄 다발을 이고 사립문을 들어서는데 작은오빠의 날선 꾸지람과 함께 미처 피할 사이도 없이 지겟작대기가 사정없이 날아들었다. 눈에 번갯불이 튀며 등과 엉덩이가 얼얼했다. 여자가 남의 집에서 잠을 잔 것이 몽둥이를 맞은 이유였다. '여자'라는 낱말이 낯설었고 아프고 억울한 생각에 엉엉 울었다.

작은오빠에 대한 억울한 감정도 시간이 흘러 잊어 갈 무렵 뜻밖에 오빠가 나의 일기를 공개했다. 지겟작대기로 맞은 자리가 얼마나 아팠던지 내가 크면 원수를 꼭 갚겠다고 일기에 썼다. 오빠는 많이 미안했던 것 같다. 나의 일기를 공개하여 진심은 누이를 아끼고 사랑하는 마음이라는 걸 전하고 싶었나 보다. 어쨌든 오빠의 마음은 그렇게라도 전달되었고 나의 일기는 온 가족을 웃음바다로 만들었다.

일기를 공개하는 오빠가 마뜩찮았다. 어린 누이가 크면 원수를 꼭 갚겠다고 복수를 다짐했으니 민망하고 멋쩍었다. 나름으로 정의로움을 거리낌 없이 나타내며 자존감이 강했던 중학교 일 학년

겨울방학이었다.

머리를 식히고 싶을 때는 고향 집을 찾아간다. 내가 사는 진주
는 눈이 귀한 도시다. 이번 겨울은 눈이 오려나, 아득히 첫눈 내리
는 겨울을 점쳐본다.

그곳에 풍경이 있었네

　송림 숲은 무더운 여름이면 사람들로 가득 찼다. 울창한 소나무 숲에 사방으로 바위가 있어 쉼터로 안성맞춤이었다. 점심시간이면 아이들은 숲에서 또래끼리 어울려 놀았다. 어른들은 낮잠을 자며 쉬었다가 더위가 숨을 죽이면 일터로 나갔다.

　아이들은 숲에 매어둔 소를 몰아 풀숲이 짙은 뒷산으로 향한다. 소들이 자유롭게 흩어져 풀을 뜯어 먹노라면 제각기 시간을 보낸다. 저녁노을이 지면 소들이 한곳으로 모이는데 몇 마리가 보이지 않으면 소 주인이 찾아 나선다. 어스름 속에서 녀석들은 남의 고구마 밭에 들어가 마구 짓이겨 놓기 일쑤다. 가끔 우리 집 소도 한데 섞여 애를 태우곤 했다. 싸리나무 가지를 휘저으며 목청껏 소리 지르면 녀석들은 후다닥 곡식밭에서 나와 다른 소들의 무리 속으로 휩싸인다.

　사슴처럼 목이 긴 소는 어미 소가 되기 전 작은오빠의 등록금으로 팔려갔다. 송아지 때부터 오랫동안 정이 들어 섭섭했지만, 대학생이 된 오빠가 뿌듯했다. 내가 대학생이라도 된 듯 힘이 솟았다.

중학교를 마칠 무렵 어머니가 구안괘사를 앓아 가정형편이 어려울 때였다. 고등학교 진학을 잠시 미루고 어머니 곁에서 두 해동안 농사일을 배웠다. 모내기철 일꾼들의 점심밥을 해서 머리에이고 오 리나 되는 먼 길을 걸어가면 서풀 앞 논에서 어머니가마중을 나왔다. 품앗이하는 사람들은 대부분 아낙네다. 열댓 명의 사람들이 빙 둘러앉아 점심을 먹으며 허리를 폈다. 한차례 허리와 다리쉼이 끝나고 팽팽한 못줄에 맞춰 일꾼들이 잽싼 손놀림으로 모를 꽂아가고 넓은 논바닥이 파릇파릇 채워졌다.

먹구름이 몰려오고 있었다. 저녁밥을 지을 요량으로 함배기를이고 들판을 가로질렀다. 삽시간에 소나기가 후드득 떨어졌다.산 중턱에서 천둥이 치고 번갯불이 번쩍였다. 너무 놀라 머리에이고 있던 함배기가 길섶에 나동그라졌다. 흩어진 그릇들을 담으며 빗물인지 눈물인지도 모를, 온몸이 물 범벅이 되어 줄기차게쏟아지는 빗길을 걸었다. 소나기가 그치고 들판 저 너머로 아득히무지개가 곱게 떠올랐다가 사라졌다.

아궁이에서 불을 지피는 뜻밖의 손길이 있었다. 군에서 막 제대한 큰오빠였다. 오라버니는 아파서 집에 있어야 했다. 내 기억으로 무슨 병명인지 잘 모르지만 두 볼이 한껏 부풀어 올라 식사를할 수 없을 지경이었다. 너무나 심해서 모내기가 한창인 농번기인

데도 맏이로서 꼼짝을 못하고 누워있었다. 그런 오라버니가 빗속을 뚫고 올 누이동생을 위하여 큰 솥에 불을 지피고 있었다. 그때만 하더라도 남녀가 하는 일이 뚜렷하게 구분되어 웬만해서는 남자가 부엌일을 하는 일은 없었다. 십여 명이 넘는 일군들의 밥을 하기 위해 종종걸음을 치다 부엌에서 눈이 마주친 오라버니를 보며 소스라치게 놀랐다. 퉁퉁 부은 오라버니의 얼굴을 보는 순간 콧잔등이 시큰했다. 뭉클한 마음 얼마나 고마운지.

따뜻하고 자상한 오라버니의 모습이 평생 내 기억 속에 따라다닌다. 오라버니가 살아 계신다면 아이들을 낳고 화목하고 행복한 가정을 꾸렸으리라 상상하곤 한다.

얼마 후 오라버니는 직장으로 복직하였고 나는 고등학교 들어가기 전까지 우리 집 일꾼으로 억척스럽게 농사일을 해냈다. 모내기가 끝나고 논바닥이 파랗게 어우러지면 모내기 논에 약 치기가 시작된다. 한낮을 피해 약통을 짊어지고 다섯 마지기 나락 논에 약을 치고 나면 해거름 녘이 되곤 했다.

가을 수확철이 끝나면 서풀 앞 논에서 타작한 짚단을 손수레에 실어 집으로 나른다. 천방지축 날뛰던, 코뚜레도 없는 소의 고삐를 바짝 잡아 쥐었던 그때의 기운은 어디서 생겨났는지. 건실하고 순박한 농부로 살았던 생활 중심부에는 어머니라는 이름이 있었다. 열여덟 살 딸아이를 집안의 든든한 아들로, 어엿한 일꾼으로 믿으며 자랑스러워했던.

생명

오전 미사를 마치고 대학 병원을 다녀오면서 강변길을 걸었다. 겨울의 끝자락에서 최고의 추위라지만 버들강아지 벌써 물올랐고 차가움 속 생명이 꿈틀거린다.

강물 위 청둥오리 떼가 먹이를 찾아 얼어붙은 풀숲을 뒤적인다. 한참을 쪼아 먹고 있는 거로 보아 먹잇감이 괜찮은가 보다. 발걸음 소리에 모두가 물속으로 첨벙거리고 들어간다. 신비롭다. 차가운 물속에서 의연하게 날갯짓을 하는 저들에게 용기를 배운다. 물 위를 둥둥 떠다니며 부산스레 헤엄치는 정경에서 생명력이 샘솟는다.

몸이 데워지고 뼈에 좋다는 멸치를 볶는다. 잣도 한 움큼 넣는다. 추위에 언 겨울 배추 한 포기 껍질을 벗기고 삶아 나물을 무친다. 땅속에서 겨울잠을 자던 개구리가 폴짝이듯 활기를 찾는다. 지난봄 말려 두었던 붉은 양란, 노란 프리지어 꽃잎을 유리잔에 띄운다. 주변이 맑고 충만함으로 가득 찬다. 더불어 사는 것은 행복하다. 사람이든 자연이든 함께 하니 사랑스럽고 따뜻하다.

S 성님이 들고 온 쿠키는 앙증맞고 고급스럽다. 가게를 운영하는 며느리에게 손수 부탁했다니…. 그 고운 마음을 어떻게 보답해야 할지. 성님을 생각하며 수녀님의 훈화 말씀이 떠오른다.

성공이란 뭘까? '성공의 비결'을 두고 일반적으로 생각하는 부를 쌓는 일과 다른, 우리 내면의 이야기를 했다. 사람이 태어나 죽기까지 누군가에게 행복을 느끼게 하고 떠난다면 그는 '성공한 사람'이라고 했다. 우리 각자가 성공한 사람에 속할 수 있을지 물음표를 던지는 말씀이었다.

성님은 한 편의 수필을 가슴으로 읽으며 당신의 마음이 정화되었다고 고마움을 전한다. 나의 부족한 글이 한 사람에게 감동과 공감대를 일으켰다니. 그 시너지 효과는 몇 배로 돌아와 생명을 움트게 한다. 세상이 보다 아름답게 보인다. 모두를 따뜻하게 기억하게 한다. 그녀의 사랑법이었다. 성공한.

손님

주말 오후의 계획은 야무졌다. 햇살이 환한 벚꽃 길을 한 시간쯤 걷고 나서 이른 저녁밥을 지을 요량이었다. 그가 개수대에 흥건하게 담가둔 묵은 나물을 바라본다. 불린 산나물을 들기름에 볶고 붉은 팥을 듬뿍 넣어 남편이 좋아하는 찰밥을 한 상 차려 암묵적인 시위를 쌈박하게 마무리 지으려 했다.

처음에는 별일 아니라고 여겼다. 벌써 몇 시간째 운동복 차림으로 변기에 쪼그리고 앉아 있다. 짧은 간격을 두고 반복되는 통증 속에서 오만 가지 생각에 휩싸인다. 열이 차오르고 식은땀이 목덜미와 등줄기를 타고 내린다. 이러다가 응급실에 실려 가는 건 아닌지 두려움이 밀려온다.

사십대 초반의 일이다. 시어머님이 노환으로 고생하시다 돌아가신 지 얼마 지나지 않았다. 뜬금없이 화장실에서 '변비'와 맞닥뜨렸다. 갑자기 당하는 일이어서 어리둥절하여 낯선 손님과 씨름을 했다. 때마침 중학교 삼 학년이었던 딸애가 학교에서 돌아와 당근 주스를 갈아 주었다. 한 사발 마시고나니 안정이 되면서 신기하게도 손님은 슬그머니 꽁지를 내렸다.

요즈음에 이런 일은 처음이다. 아직도 끝나지 않는 변비와 맞선다. 아이들이 장성하여 객지로 나가고 빈 집안은 적막한데 공포가 몰려온다. 남편의 귀가는 점점 늦어지고 있다. 지나가는 자동차 소리에 귀를 쫑긋 세우고 바람이 흔드는 현관문의 작은 종소리에도 고개를 내민다.

남편은 일 처리가 능숙한 사람이다. 아래층을 세놓을 무렵이었다. 드나드는 문이 북쪽이라 실내가 어두워 전문가의 도움이 필요했다. 말보다 행동이 앞서는 그는 고민할 사이도 없이 벽을 부수고 창문 하나를 뚝딱 만들었다. 신통방통하게 어두운 방에 햇살을 끌어오듯 그가 오기만 하면 손님과 긴 싸움에서 풀려나리라.

하루하루 별 탈 없이 먹고 배설하는 것이 얼마나 감사한 일인지 까맣게 잊고 살았다. 식성이 까다롭지 않고 채소를 좋아하는 편이어서 변비 걱정은 없었다. 지난가을 나에게 버팀목이셨던 어머니가 돌아가시고, 모든 일이 무력해지며 삶의 균형이 깨졌다. 얼추 꼽아보니 십육 년 만에 다시 변비와 맞닥뜨린 것이다. 그동안 아침밥을 거르는 나의 불규칙한 식습관을 탓하던 남편의 지적이 쓴 약이 되어 봇물처럼 터진다.

그는 딸애처럼 날쌔게 믹스기를 돌리지 않는다. 어두운 골방에 햇살을 끌어오는 수호천사도 아니다. 화장실에서 오후 한나절을 보내는 괴로움을 아는지 모르는지 본 둥 만 둥 한다. 썰렁한 식탁 풍경에 표정이 굳어지며 아내가 변비 때문에 겪는 아픔 따위에는 관심도 없어 보인다. 개수대에 손수 묵은 산나물을 불리며 보름밥에 대하여 이러쿵저러쿵하더니, 좋아하는 찰밥을 기대하며 밭고랑에서 돌아왔을 터이다. 순간 그가 낯선 손님처럼 느껴진다. 휑하니 방으로 들어가는 그의 등이 싸늘하다.

일회용 비닐장갑 한 통이 사라지고 나서야 진정되었다. 지옥 속에서 벗어난 듯 가뿐한 마음은 날아갈 것 같다. 남편에 대한 서운한 마음을 시집간 딸에게 고스란히 옮길까 하다가 그만 둔다. 서운했던 마음을 내려놓는다. 짧은 한때의 감정을 다스리지 못하면 그 영향으로 온 가족이 괴롭고 힘들 뿐이다. 잘한 일이다.

농사일을 모르던 남편이었다. 사업하던 일을 놓으면서 운동 삼아 소일거리로 시작한 밭농사다. 무리하게 매달리는 것 같아 일을 줄이라고 채근한다. 힘을 들이고 애를 쓰는데도 소득이 시원찮은 농사일은 골병으로 남는다. 남편의 건강을 열거하면 할수록 고해성사감만 늘어간다.

이른 아침부터 남편이 바쁘다. 토요일이라 시내 약국마다 문이 닫혀 일삼아 돌았다. 어렵사리 완사에서 변비약을 통째로 구했다. 어머니가 편찮으실 때 평소 사용하던 약이다. 어제는 전혀 생각이 안 났다. 약 이름이 입안에서 뱅뱅 돌기는 남편도 마찬가지였다고

한다. 미리 먹은 두 알을 끝으로 변비약은 더는 요긴하게 쓰이지
는 않았다

　고통에서 얻은 자유는 자비함이다. 종일 변기에 앉아서 얻은
수확이다. 손님이 자취를 감춘다.

놀란 가슴

딸네 집에서 어린 손주들을 데리고 가까운 대형 할인점에 들러서 가는 중이었다. 목적지에 도착하자 그가 손자를 받아 안으려고 운전석에서 내렸다. 조수석에 있던 나도 곧장 따라 내리는데 뒤쪽에서 '악—' 날카로운 외마디 소리가 났다. 잠시 끊어졌다 싶더니 손녀의 울음소리가 고막을 울렸다. 순간 머릿속이 멍해졌다. 손녀가 손가락을 꼭 움켜쥐고 새파랗게 질려 숨이 넘어가는 게 아닌가.

남편이 닫는 승용차 문에 아이의 손이 끼었다고 한다. 딸애가 사색이 되어 어쩔 줄 몰라 아이를 끌어안는다.

"윤슬이, 괜찮아? 괜찮아?"

손가락을 펴보려 했지만 아이는 발버둥을 치며 엄지로 집게손가락을 꼭 누른 채 거세게 울었다. 다친 손가락이 얼마나 심한지 아이의 울음소리가 커질수록 불안감도 커졌다.

퇴근 시간이어서 병원 문도 거의 닫힐 시간이다. 황급히 가까운 동네 병원으로 차를 몰았다. 대기실 안은 환자와 보호자들로 붐빈다. 손녀의 아픈 울음소리는 제풀에 지쳐 잦아든다. 상태가 심해서 그런가? 소아청소년과 전문의는 외과 병원으로 가란다. 애가 타서 마음이 조마조마하다. 딸아이가 인터넷으로 검색한 병원은 가는 시간이 족히 삼십 분은 걸린다. 젖먹이 손자를 내게 맡기고 할아버지에게 운전을 서두르게 한다.

시간이 많이 지났건만 병원에 간 아이는 깜깜무소식이다. 갓난아이는 엄마 젖이 고픈지 할머니 가슴에 수시로 얼굴을 문지른다. 젖먹이 손자를 안고 안절부절못하며 '한 다리가 천 리'라고 내 자식과는 또 다른 걱정거리에 휩싸인다. 기다리는 시간은 지옥의 다리가 되어 길기도 했다.

남편의 마음은 어떨까, 손녀가 차 문 틈새에 손가락이 어떻게 해서 끼였는지 도무지 납득이 안 될 만큼 눈 깜짝할 사이였다. 딸애는 아빠가 닫는 문에 손가락이 치였다고 했다. 아이는 더욱더 서러워 할아버지 때문이라고 소리를 높여가며 울었다. 입속이 마르고 놀란 가슴은 좀처럼 진정이 안 된다. 경황이 없는 가운데도 딴 걱정이 생긴다. 사위를 무슨 낯으로 봐야할지.

딸이 손녀를 안고 조급하게 뛰어가던 모습이 눈에 선하다. 젖먹이 손자가 쓰는 어깨띠에 앰한 나이 여섯 살짜리 아이를 안고 마구 뛰었다. 자식의 사고에 허겁지겁 뛰어다니는 딸에게서 아들

어릴 때 일이 불쑥 떠오른다. 아들 요셉이가 세 살 때였다. 가을걷이가 끝난 터라 거창 친정에 추수한 쌀을 가지러 갔었다. 친정어머니와 오순도순 아침밥을 하던 중이었다. 아이가 갑자기 큰방샛문에 엎어져 부뚜막에 끓고 있는 솥을 덮쳤다. 나물을 삶으려고 엎어놓은 솥에 아이가 빠졌으니 마른하늘에다 날벼락이었다. 모두가 놀라 허둥대는데 번개처럼 남편이 아이를 안고 수돗가로 달렸다. 벌겋게 허물어진 살갗에 차가운 수돗물을 틀어서 아이 등을 식혔다. 한시가 급했다. 가까운 읍내 병원으로 가야 할지 망설일 사이도 없이 남편은 빠르게 진주로 핸들을 잡아 가속 페달을 밟았다. 요셉이 등을 치료할 때마다 남편은 가슴에 안고 누워 침대가 되어 주었다.

손녀가 병원에 간 지 두 시간 만에 오른손에 압박붕대를 칭칭 감고 돌아왔다. 엑스레이를 찍어봤더니 별문제는 없어 보인다고, 삼 일 뒤에 다시 오라고 했단다. 천만다행이었다. 회사에서 소식을 들은 사위는 가슴을 졸였을 텐데도 내색하지 않고 윤슬이가 홍감이 많다고 송구스러워 했다. 아이를 생각하면 아찔함 속에서 온몸의 맥이 풀리며 오래전 손자 때문에 십 년 감수했을 친정어머니의 마음을 가늠해본다.

손녀가 붕대 감은 오른손을 흔들어 보인다. 윤슬의 손등에 날개 달린 천사가 환하게 웃고 있다. 그림을 아이 아빠가 그려 넣었다. 천사가 날고 있어 감탄이 절로 나온다. 예쁜 천사에게 아이도 만족하여 아픈 손을 잊은 듯하다. 이튿날 평소와 다름없이 윤슬이는 어린이집을 씩씩하게 나갔다. 붕대에 그려진 천사는 친구들에게 화젯거리가 되었다. 손녀는 천사를 보여 줄 때마다 할아버지 이야기를 곁들였다. 남편은 억울했지만 손녀의 손가락을 다치게 한 '나쁜 할아버지' 표로 친구들 사이에서 불리게 되었다.

아들의 등이 흉터 자국 없이 말끔해졌듯 손녀의 집게손가락도 탈 없이 말갛다. 손주들이 사랑스러워 많았으면 했다. 새삼 아이 키우는 일이 버겁고 어렵게 다가옴을 느낀다. 내 아이들은 어떻게 키웠는지, 그 아이들이 어른이 되어 내 위치에 서 있다. 품 안에 있던 어린 자식으로만 여겼는데 어느새 훌쩍 커서 제 자식을 야무지게 키워내고 있으니 은혜로운 일이다.

자식들의 웃음 앞에서는 부모의 마음은 활짝 핀다. 어버이날을 맞아 아이들이 언제 오실 거냐고 소식을 보내기에 달력에 동그라미를 그린다. 놀란 가슴의 자국은 입술의 딱지로 남아 거울 속에서 따끔하게 신호를 보낸다. 모든 일에 조심하라고.

아들의 군 입대

사랑하는 아들 요셉아! 네가 군으로 떠난 지 꼭 일주일째가 되었구나.

오늘은 비가 내리고 있단다. 입대하던 그날은 무척 더웠었지. 연신 흘러내리는 땀방울을 휴지로 닦아내는 너를 보면서 엄마는 더위보다 마음이 더 착잡하기만 했다.

가족과 함께 이십일 년을 살아온 생활 방식과는 전혀 다른, 군대라는 조직된 집단 속으로 나라에 책임과 의무를 다하기 위해 들어가는구나. 입대식이 몇 시간 안으로 다가오자 초조한 듯 서성이던 네 모습이 환히 떠오른다. 입대 한 시간 삼십 분 전, 102부대 앞에서 네 또래의 짧은 머리를 한 대한의 아들들이 몰려들더구나. 너희들 못지않게 자식을 군대로 보내는 부모들의 마음도 초조할 것이니 똑같은 마음일 것이라는 생각에 다소 마음이 놓이더구나.

아들을 군에 보내는 날인만큼 춘천의 아름다운 호수를 떠올릴 겨를도 없었지. 우리는 닭갈비를 무조건 먹었다. 네가 좋아하는 냉면을 사주고 싶었지만, 식당은 입대 가족으로 발 디딜 틈이 없었다. 그나마 자리를 차지하고 앉은 것만으로 다행이었지. 유명한 춘천 닭갈비는 맵지도 싱겁지도 않고 맛이 괜찮았는데 너는 통 먹지를 못하더구나. 엄마가 건넨 손수건으로 연신 땀만 훔쳐댔으니 말이다. 두 사람 몫을 시켰는데 음식이 그냥 남았다. 아까워 좀 더 젓가락을 들고 있었지만 아무래도 네 말처럼 그만 먹어야 할 것 같았단다. 위를 염려해 주는 너의 마음보다 아들이 입대식 삼십 분을 남겨 두었다고 생각하니 여유롭게 있을 수 없더구나.

오후 두 시, 입대식을 시작할 무렵은 그날 기온이 가장 높게 올라가 숨을 헉헉거리게 했다.

"지금부터 입영자 여러분은 부모님들과 친지 여러분들과 이별의 시간이 되겠습니다. 입영자 여러분은 계단 밑 한쪽으로 모두 내려와 주십시오."

군대장의 안내 방송에 순간 가슴이 철렁했다. 엄마는 풀색 손수건이라도 호주머니에 챙겨서 내려서기를 바랐는데, 너는 릴레이 선수가 바통 넘기듯이 손수건을 던지고 뛰어나갔다. 헤어지는 인사는 극히 짧게 했다.

"잘 있으세요!"

"잘 가라!"

일렬로 들어가는 무리 속에서 아들의 뒷모습을 놓치지 않으려 시선을 쫓았다. 한순간 분홍색 티셔츠가 보이지 않더구나. 이내 정신을 차려 교육관이 보이는 입구로 뛰어갔다. 너의 모습을 다시 보지 못하고 차에 오를 수밖에 없었다. 혼자 집으로 돌아가는 여섯 시간은 참으로 긴 시간이었다. 집에서 떠나올 때의 긴장감은 사라지고 풀 죽은 마음은 피곤함에 지쳐 엉망이었다. 잠시 너의 여자 친구 생각을 한다. 친구가 아닌 엄마가 이 길을 따라서 오길 잘했다는 생각이 들더구나. 먼 곳까지 따라와서 혼자 돌아가는 일은 외로운 일이거든. 너를 보내고 밤 아홉 시가 넘어서야 집에 도착했다.

"엄마 울었어요?"라고, 위로 아닌 위로를 하며 따라다니는 네 누이동생을 피해 마루로 나왔다. 빨래를 개키며 땀범벅이 되어 멀어져 가는 아들 생각으로 엄마의 마음도 젖는다. 분홍색 티셔츠가, 너의 뒷모습이 어른거렸다.

아들아 잘 있다가 오너라. 대한의 남아답게 사명감으로 국방의 의무를 다하는 늠름한 아들이 되어다오. 사랑한다.

군에서 온 소포

요셉아! 잘 있니? 일주일이 지난 그곳 생활은 어떠한지 염려가 되는구나. 친구 관계가 원만한 아들이니 군 생활도 잘 적응하리라 믿는다.

태풍 영향인지 이곳 날씨는 바람이 더위를 식혀 주는구나. 아빠가 온천에 출근하시고 실비아는 학교 가고 잠깐 누웠는데 잠이 들었구나. 선풍기 돌아가는 소리. 창문 앞 비즈가 발을 달랑대는 소리에 잠이 깼다.

아빠의 사업에서 오는 불안과 너의 걱정으로 우울함이 오지만 신기하게도 잠을 잘 잔다. 결국은 의기소침에서 오는 게으름이다 싶어 마음을 다잡는다.

지난 금요일 오후에 아들이 22사단으로 배치된 것을 인터넷에서 확인했단다. 다시금 네가 입대했다는 것을 실감하며 네 방을 둘러보았다. 여기저기 흩어진 만화책과 옷가지는 주인이 있는 듯 없는 듯 무심하기만 하다. '저들처럼 무심해질 때까지 내버려 두자.' 아들이 집에 있는 것처럼 방도 여전히 그대로 놔두었다.

이틀 전에 군에서 네 옷이 도착했다. 옷상자는 군 장정 표시로 직인이 커다랗게 찍혀 아들이 군대에 갔다는 걸 더욱 실감이 나게 했다. 다른 소포와는 다르게 배달 과정에서 이리저리 치대어 찌그러져 있다. 엊그제 입대한 신병으로 너의 위치를 잘 대변해 주는 듯했다. 아래층 가게에서 옷상자를 전해 주면서 "눈물 나지 예!"라고 인사를 건네는구나. 아들을 군에 보내면 모든 부모는 눈물이 나는가 보다. 네 방에서 혼자 옷을 풀어 보는데 언제 들어왔는지 동생 비아가 호들갑을 떤다.

"그게 뭐예요, 오빠 옷이에요? 어쩌지, 우리 엄마 울면!"

"시끄럽다, 울기는 왜 울어!"

엄마의 마음을 위로해주는 네 동생이 오히려 멋쩍어 쫓아버렸다.

아들아, 맛있는 음식이 있을 때 그런 적 있지? 아끼느라 이리저리 돌리다 맨 나중에야 젓가락질하곤 하지. 맛있는 케이크를 두고 선뜻 손이 가지 않듯이 말이다. 너의 소포를 받고 케이크를 먹는 심정으로 바라보듯이 했다. 네 방에 소포를 내려두고 비아가 보자는 것도 왠지 엄마의 감정이 들킬까 봐 겁이 났다.

"설거지해 놓고 나중에 볼 거다."

"엄마는 오빠 옷 꺼내 보고 울어야지!"

비아가 슬슬 엄마를 놀리면서 눈치를 살피기에 바쁘다고 주섬주섬 식탁에서 그릇들을 옮겨 놓았다.

눈에 익은 삐뚤거리는 네 필체를 대하면서 옷상자의 테이프를 뜯었다. 입대하는 날 흘리던 땀방울이 고스란히 묻어있더구나. 네 분홍색 옷깃에 코로 냄새를 맡는다. 풀색 손수건을 구겨서 땀을 훔쳐내던 네 모습이 눈에 선하구나. 초조한 마음으로 손수건을 뭉뚱그려 땀을 꾹꾹 찍어내고 있었다.

바쁘게 갈아 신었는지 계절에 맞지 않는 검은색 양말은 뒤집은 채 쑤셔놓았구나. 이 옷을 벗어 군복으로 갈아입었구나. 사열하기 위하여 땀으로 범벅이 된 채 뛰어나가는 네 모습이 코끝이 찡하게 그려지는구나. 양말을 뒤집어 바로 펴고 윗도리를 반듯하게 접는다. 바지를 접으면서 긴 청바지가 너무 더웠나 싶다. 여름용 바지도 있는데 네가 입은 청바지는 겨울용 바지구나. 그럴 줄 알았으면 얇은 면바지를 입을 건데 말이다.

우리 모자는 가끔은 고지식한 데가 있어 닮은 구석이 많구나. 군입대하는 날이라고 모범생처럼 옷차림하길 바랐다. 엄마의 말에 신경을 안 쓰는 듯해도 너는 그렇게 하고 있었구나. 어떤 이들은 날씨에 맞게 시원하게 다리를 드러내고 반바지 차림으로 왔더구나. 가끔 정석이라고 생각하는 주관적 사고가 때로는 답답함을 불러올 때도 있구나. 항상 스스로 조율하며 나아가야 한다는 생각을 얻게 되는구나.

아들아! 사명감을 가지고 국방의 의무에 충실히 임하기를 기도한다. 날씨가 더워지는구나. 건강 유의하길 바란다. 사랑한다.

이등병 요셉에게

　아들아! 수돗물을 콸콸 틀어 놓고 네 검정 운동화를 빨다가 코를 훌쩍이며 울었다. 밑창을 들어내니 닳아진 뒤꿈치 사이로 바닥이 보여 눈물이 더 나더구나. 신발이 닳았다고 군에 가기 전에 운동화를 하나 사달라고 했었지.

　"군에 가면 썩힐 운동화를 왜 또 사니?"

　멋 내기 좋아하는 너를 보면서 정신을 딴 곳으로 돌렸으면 하는 바람이었다. 뒤꿈치가 닳은 네 운동화가 마음에 걸리는 건 어쩔 수 없구나. 어릴 때는 속옷이나 신발 하나에도 신경 써주곤 했었는데 너희들이 엄마의 키를 훌쩍 넘기면서 무엇을 입든 챙겨주는 일은 없어지고 말았구나. 그뿐이겠니, 앞으로 엄마의 품에서 떠나가는 너희는 독립적으로 홀로서기를 해야겠지.

　어제의 일이다. 네가 평소처럼 웃통을 벗고, 게임기 앞에 있다가 "엄마 나 왔어." 라며 '짠' 하고 나타나는 게 아니니. 항상 그

우스꽝스러운, 한 발과 두 손을 대각선으로 비스듬하게 치켜든 채 도마뱀 몸짓을 하고 마루에서 웃고 있더구나. 엄마는 한순간 반가워서 "어쩐 일이냐" 하고 네 어깨를 잡는데 방위로 빠져 내려왔다는 말에 순간 걱정이 앞섰다. '또, 게임기에 붙어 있으면 어쩌나?' 하고. 아들아, 엄마가 게임기가 무섭긴 무섭나 보다. 꿈에서도 네가 돌아왔는데 게임기에 붙어 있을까 봐 '이등병으로 있지'라는 생각이 들었으니 말이다.

네 여자 친구 꿈도 꾸었다. 아들하고 전화하는데 한참 이야기를 하다 보니 엉뚱하게 네 여자 친구잖니? 지난밤에 네가 두고 간 전화기에 여자 친구 문자를 보면서 아들 생각으로 코끝이 찡했거든. 잠시 그애 생각을 했었는데 꿈까지 꾸었구나.

아들아, '누군가를 그리워하고 사랑하는 일'은 아직 네 영혼이 메마르지 않은 아름다운 일이란다.

엄마는 요즘 글이 되지 않는다. 갈수록 삭막한 마음에 맑은 영혼이 들어 올 자리가 없는 듯해 고심한다. 메말라 가는 내 마음에 자꾸 물을 주어야 하는데 이 더위처럼 가물기만 하니 펌프질해야겠구나.

사람은 기도하며 살아가야 하는 것 같다. 너를 위해 달력에 동그라미를 쳐 가며 9일 기도를 성모님께 바친다. 또한 성당 가는 일이 기쁨으로 넘치도록 살아가고 싶구나.

아빠의 사업이 하루빨리 안정 궤도에 들어서기를, 그래서 엄마와 나란히 주일을 지키며 성당을 가는 것이 엄마의 소망이다. 군에서 주일을 거르지 말고 성당을 다녀라. 처음 의도가 순수하지 않더라도 끈질기다 보면 하느님이 순수하게 너희들을 이끌어 주시리라 믿는다. 콜라가 먹고 싶어서, 빵이 먹고 싶어, 무슨 의도이든지 하느님은 다 눈감아 주실 것이다.

사랑한다. 요셉아! 이 더위에 잘 견뎌주었으면 한다.

* 추신: 가끔 등뼈가 아프다던 네가 마음에 걸린다. 군에서 자세 잡는 데 주력하길 바란다. 엄마도 등이 굽어서인지 자주 아프기에.

하루 품삯

덥다. 너무 더워서 하루에도 몇 차례 차가운 물을 뒤집어써야
속이 후련해지는 날씨다. 어제 전역을 한 아들이 새벽부터 일을
나간다고 군화 끈을 맨다.

"어디로 가냐고?"

걱정스럽고 애가 타서 물었더니 나가 봐야 알겠단다. 만약 남편
이 공사판으로 일을 나가도 이렇게 맘이 초조하고 불안해할까 싶
다. 그렇다고 남편에게 염려와 관심을 가지지 않는 건 아니다.
아들이 군 제대 다음 날부터 막일을 나갔으니 어미 심정이 오죽하
겠는가. 집안에 가만히 앉아있어도 땀이 줄줄 흐르는 삼복더위에
무슨 맘을 먹고 노동판을 전전하는지. 더위가 기승을 부릴수록
정신은 말짱해진다. 전화기를 들었다.

"어디니?"

"예! 아파트 공사장이에요, 걱정하지 마세요."

휴대폰은 끊기고 걱정하지 말라는 소리에 잠시 안도했지만, 철
딱서니 없는 어미 같기만 하다. 막일하는 공사판인데 일이 수월하
면 또 얼마나 수월할 거라고, 아무래도 붙잡을 걸 그랬나 싶다.
이 더위에 일도 몸에 배지 않았을 텐데 고생을 얼마나 하고 있을
지 자책한다.

불쌍한 우리 아들 소리가 입에서 절로 나오다가 청승맞고 방정
맞은 소리 같아 '잘난 아들'로 고쳐 부른다. 종일 아들 타령을 하며
더위를 끌어안고 지냈다. 잘난 아들 생각만 하면 덥다는 말도 해
서는 아니 될 것 같았다. 아들은 삽질하고 등짐을 나르다가 하얀
목수건이 숯검정이가 되어서야 집으로 돌아왔다.

아들은 입대 전에도 꼭 더운 날만 골라서 일을 하러 갔다. 남들
이 더위를 피할 때 일손이 달리니 하루 일꾼으로 위험한 터널 속
청소부에 철컥 붙나 보다. 때로는 주물럭 집에서 아르바이트하고
며칠 잘하는가 싶다가도 주인의 언행에 화를 못 누르고 되돌아오
기도 했다. 벌어온 돈은 욕심이 없고 야물지 못한 성격 탓에 술술
샌다. 아들은 손끝 여물게 용돈을 관리하는 누이동생보다 항상
궁하다.

딸이 영어 과외를 하고 아들이 노동판에서 벌어온 돈이라고 엄
마 몫으로 용돈을 내밀 때 어떻게 그 돈을 쓰겠는가. 노동은 신성
하다고 어려운 일을 당하면 끊임없이 부딪쳐 보라고 입버릇처럼
말해 왔지만, 아이들이 세상을 힘들지 않게 좀 더 수월하게 살아

가기를 바라는 것이 부모의 마음이다.

　머리가 굵은 아들이 진로를 고민하며 새벽같이 막노동판을 다녀오고, 딸아이가 밤늦도록 선풍기 앞에서 영어교재를 준비하는 걸 지켜보면서 요즘 무기력해져 가는 내 정신줄을 다잡는다.

　그동안 애를 태웠던 남편의 병도 차츰 나아져 한숨 돌렸다. 더 늦어지기 전에 마음을 새롭게 가다듬고 내가 하는 일을 다시 구상해 본다. '젊어서 하는 고생은 돈을 주고 사서라도 하라.' 어머니가 즐겨 쓰던 이 말은 진리임에 틀림이 없다.

　아들이 벌어온 하루 품삯은 오만이천 원이었다.

진달래가 뭐꼬?

육 년 전에 모네의 개양귀비와 우연히 만났습니다. 큰돈 들여서 거실 소파 뒤 벽면을 채워 놓고 꽤 행복해했던 기억이 나네요.

며칠 전 남편이 무쇠솥 아궁이에 장작불이 활활 타오르는 그림 한 점을 들고 왔습니다. 글쎄, 모네의 개양귀비 자리에 그림을 걸자고 했습니다. 그림 자체로는 훌륭했지만 우리 집 분위기와는 영 아닌데 말입니다.

단독주택이 추워서 아파트 구조로 집수리를 했는데 고치고 나니 거실 분위기는 서양식 톤으로 흘러버렸죠. 일을 시작하기 전, 제 뜻은 비용도 적게 들고 소박하게 동양식 창살 무늬로 예쁘게 꾸미고 싶었습니다. 아는 사람을 통하여 계약금 정도로 얼마간의 선수금까지 지급했는데, 남편은 회사 실내장식을 맡았던 업자 한 분을 추천했습니다. 전반적으로 집 전체를 손봐야 하는 대대적인 공사여서 큰일에 걱정이 앞서 계약한 곳을 취소하고 남편의 의사에 따랐습니다.

일밖에 모르는 남편은 동적인 성향에다 평소 그림에 관심을 가질 만큼 여유가 없었지요. 모처럼 귀한 작품이라고 들고 왔기에 고심 끝에 생각해낸 것이 부엌 벽면이었습니다. 그동안 사랑을 띄운 오래된 '최후의 만찬'을 옆 벽면으로 세워놓고 '무쇠 솥'을 걸었습니다. 한 점의 그림은 아내의 마음을 봄날 진달래마냥 먹먹하게 합니다.

"당신은 사람을 한 번씩 깜짝 놀라게 하네."

벽에 못질하는 남편 뒤에서 제 마음은 어느새 몽글몽글 아지랑이를 피웁니다.

성당에서 성심원 뒷산으로 피정할 때였습니다. 붉고 화사하게 핀 진달래에 탄성을 지르며 잠시 남편 생각에 젖었습니다. 그는 일에 묻혀 진달래가 피고 지는 것도 모르고 사는 사람입니다.

"일에 파묻혀 사는 루카(남편의 세례명)는 산에 진달래가 피고 있는지 보기나 할까?"

"오가며 운전하며 아마 볼 거예요."

나의 웅얼거림에 옆에서 한 자매가 가만히 다독여 주었습니다. 작은 위로가 되었습니다. 그날 밤, 남편에게 진달래 이야기를 했습니다.

"당신 올봄에 진달래 봤어요?"

"진달래가 뭐꼬?"

나의 말에 남편은 뜬금없이 '웬 밤중에 진달래?' 하는 눈치였습니다.

장미꽃이 피는 오월이었습니다. 집안이 장미꽃 송이로 뒤덮여 놀랐습니다. 남편이 화단에 핀 장미꽃을 바구니 가득 거실에 옮겨다 놓았습니다. 집 안 구석구석, 눈길마다 장미 바구니였습니다.

"웬 장미 바구니?"

"당신 위해 꺾어놓았지!"

한 바구니도 아니고 대여섯 바구니씩이나 식탁으로, 창가로, 부엌으로 시선이 가는 곳마다 장미꽃 천지였습니다. 요란하게 치장을 한 낯선 이의 풍경이었습니다. 황당한 시선을 어디에다 두어야 할지요. 모처럼 아내를 위하여 꺾어놓았다는데 고맙다고 해야 할지 핀잔을 주어야 할지. 이렇듯 남편의 생뚱맞음을 순수한 뚝배기 된장 맛으로 받아들이는 수밖에요.

나이 들어갈수록 세상살이가 정확한 해답도 없듯이, 나의 아집에서 놓여나고 싶습니다. 예전 같으면 양보할 수 없는 일도 이제는 이기고 지는 일조차 없어져 버렸습니다. 상대편이 좋아하면 가능하면 맞춰주고 살아가고 싶습니다. 부엌 벽면 '무쇠 솥 장작불'은 시골 친정집에 어울릴 작품이지만, 순서가 남편이 사랑을 띄운 후일 것 같습니다.

가을날, 황금빛 은행잎들이 창문 가득 쏟아져 내립니다. 파란 하늘빛과 양귀비꽃의 붉은 오렌지 빛이 잘 어우러져 꿈을 꾸듯

설렘으로 다가옵니다.

　가을 창가에서, 소박한 꿈 하나를 더 그려봅니다. 남편이 수월
해지면 진달래가 핀 봄날 산행을 하고 주말에는 팔짱을 끼고 성당
으로 미사 참여를 하러 가는 길이 올 한 해의 소망이기도 합니다.

봄, 봄

  삼월, 겨울 추위가 두꺼운 옷을 벗습니다. 남편의 정기 건강 검진을 받으려고 서울에 들렀습니다. 조금 수월하게 다녀오려고 차를 두고 새벽같이 고속버스를 탔습니다.

  서울의 거리는 지난겨울의 춥고 암울한 빛깔과는 다르게 상점 마다 봄빛으로 경쾌하게 다가옵니다.

  자주 오는 서울의 지하철이지만 번번이 노선 번호를 확인하고 또 확인합니다. 고속버스에서 내려 전철 3호선을 타고 약수역에 서 내려 6호선을 타면 고대 안암동 병원 앞 목적지에 도착합니다. 병원의 복도는 언제나 붐빕니다. 한 남자가 뭔가 불만이 가득하여 고래고래 소리를 질러댑니다. 흰 가운의 의사와 마음씨 좋게 생긴 통통한 얼굴의 간호사가 그의 혈압을 낮추느라 땀을 뻘뻘 흘립니다. 복도에 늘어선 환자나 보호자는 저마다 생각에 빠져있습니다. 지방 병원과 대도시 병원의 정서 차이인가 봅니다. 저도 서울 한

복판에 서 있으니 서울의 정서에 곧 익숙해집니다. 부산스러운 그들에게 관심을 두지 않습니다.

"언제 우리 차례가 되려나. 아무 일 없이 검진이 순조롭게 나와야 하는데."

조바심을 내며 긴장되는 순간, 남편이 들어갔는데 진찰 시간은 3분 만에 끝납니다. 상태가 좋아지고 있다는 담당의사 선생님의 말에 한시름 걱정이 사라집니다.

새벽같이 나선 길을 다시 돌아가려고 지하철을 탑니다. 올 때의 조바심과 걱정하던 마음이 긴장을 풀리고, 지하철 상가의 진열품들을 구경하는 여유도 생깁니다. 화장품 가게에서 공짜로 준다는 사은품에 혹하여 자외선 차단제와 마사지 팩을 삽니다. 만원을 후딱 써버렸네요.

고속버스 상가에서는 남편이 매고 다닐 수 있는 검정 가방을 샀습니다. 평소 매고 다니는 가방보다 조금 더 큰, 남편이 성당 피정 다닐 때 바지도 하나 더 챙겨 넣을 수 있는 큰 가방입니다.

그가 표 끊으러 가는 사이 모자 가게 앞에서 평소 즐겨 쓰는 모자를 구경합니다. 거울을 보고 썼다 벗었다, 살까말까 망설이는데 언제 왔는지 성질 급한 남편이 모자 값을 먼저 지불합니다.

나는 돈도 참 잘 씁니다. 고맙고 미안한 마음에 멋쩍은 웃음을 흘립니다. 옆에서 상점 여주인이 말하길 "신랑이 사줄 때가 제일 좋을 때"라며 함께 웃음을 거들어줍니다. 남편의 암 발병 이후

나 자신을 위하여 처음으로 물건을 사본 일이기도 합니다. 특별히 꼭 필요해서 사는 필수품이 아닌 만큼 아내의 즉흥적인 마음을 말없이 받아주는 남편이 고맙습니다. 사실 우리 정신에 지금 잘 입고 잘 먹고 할 때가 아닌데 말입니다. 그렇다고 돈 얼마 썼다고 당장 죽을 만큼 큰일 나는 형편도 아니라고 나 자신을 위로합니다. 매사를 긍정적으로 바라보며 서로 보듬고 의지하노라며 지금의 폭풍은 지나가리라 믿습니다.

지난겨울은 칼바람으로 혹독했습니다. 남편의 건강이 사양길로 접어드는 사업과 맞물려, 첩첩산중 깊은 골은 헤어날 수 없는 늪이었습니다. 정리되지 않는 주변 환경은 여러 달 동안 수심에 잠겨 지냈습니다. 경제력이 무너지는 허약한 가정은 사람의 정신까지도 혼미하게 만들어 정갈한 기운을 빼앗아 갑니다. 새해와 함께 정월 초하루를 맞이하면서 온전치 못한 정신줄을 다잡으려고 내 자신과 힘겨루기를 했습니다.

설과 함께 조상 제사를 지내고 이제 갓 결혼한 생질녀 부부를 초대하고, 시누이 가족과 식사를 같이 했습니다. 시어머님 계실 때는 자주 집안행사를 치렀지만 모처럼의 모임이었습니다. 시작한 김에 성당 구역 가정 미사를 준비하면서 십여 명의 식사도 준비했습니다. 남편의 병원 입원으로 여름 한철 집을 비웠기에 손님맞이 대청소는 열흘이 넘게 고생하여 제자리를 잡았습니다. 비록 몸은 고달팠지만 집안은 마음에 풍요와 정서적 안정을 찾게 했습니다.

아무래도 하느님의 은총은 거저 주는 것이 아니라, 고통 속에서 체험할 수 있게 합니다. 우리가 얼마큼 노력하는가에 따라 하느님의 은총도 내립니다.

올 봄, 남편과 팔짱을 끼고 루비가 박힌 보라색 모자를 쓰고 사진을 한 컷 찍어 추억으로 남길까 합니다. 따뜻한 봄 햇살을 받으며.

아들 집 이사

이른 아침에 백운호수의 산책길을 걷는다. 이곳은 백운산과 청계산을 둘러싸고 계곡의 맑은 물이 흘러든다. 한 무리의 잉어 떼를 만난다. 세상에, 내 팔뚝보다 더 큰 튼실한 녀석들이 입을 벌름거리며 유연하게 헤엄치는 모습에 활력을 얻는다.

여름이 들 무렵 아들이 직장 가까운 곳으로 이사를 했다.

"엄마, 아빠 함께 놀러 오세요. 대형 티브이가 들어왔으니 영화도 한 편 보시고요."

여가를 내어 여름 한철 쉬었다 가라고 한다. 그러잖아도 올 팔월 한 달은 시간을 잘 쪼개어 써야 할 형편이었다. 정리되지 않는 원고를 손보려니 마음이 바빴다. 방학이 되면 조용하고 시원한, 거창 엄마의 빈집으로 갈까 생각 중이었는데 아들의 부름을 받고 솔깃해진다. 더구나 방마다 에어컨이 있다니.

의왕시로 이사한 아들 집은 새로운 시가지라서 조용하다. 산속에 아파트 단지 하나를 뚝 떼어다 놓은 분위기다. 혼자 사는 새 아파트는 살림살이가 없어 오히려 시원시원하다. 대짜배기 텔레비전이 한쪽 벽면을 채워주며 인테리어 역할을 톡톡히 한다. 해외 돌직구로 들어온 티브이는 선명하고 큰 화면으로 안방극장 영화에 푹 빠지도록 늦은 밤까지 효자 구실을 한다. 아들은 상도동의 빌라를 전세로 놓고 근무 조건이 좋은 이곳으로 옮겨왔다. 이사 후, 출퇴근 시간의 단축으로 한결 여유로운 아들의 생활은 부모의 걱정을 들어준다.

시집온 후 사십 년 가까이 남편이 손수 지은 단독 주택에서 살았다. 시어른을 모시고 대가족으로 지냈던 세월만큼이나 집도 노후가 되어간다. 때로는 변화를 주고 싶어 이사를 생각해 보지만 이런저런 사정으로 쉽지 않다. 애착과 물욕을 끊어버리고 홀가분하게 살라고, 내 안에서 비움의 소리는 끊임없이 들려온다. 가지런함으로 사방이 확 트인 흰 벽면의 정갈함을 좇으라고.

자리가 잡혀가는 아들의 모습에 감회가 깊다. 직장 따라 서울 생활 십 년차다. 대학 졸업반 때 한 학기를 앞두고 취직이 되어 서울로 떠났다. 당시 아들에게 신경을 못 썼다. 법인회사의 대표인 남편은 경영난으로 허덕이며 급기야 큰 병을 얻어 대수술을 받아야 했다. 갑자기 휘몰아친 태풍 속에서 가족 모두가 거리로 내몰리지는 않을까, 두려움 속에서 유일하게 하느님께 매달리는 길밖에 도리가 없었다.

아들은 묵묵히 제 역할을 했다. 남은 등록금은 학교에 대출금 신청을 했고 월급을 받으면 학자금대출금을 갚으면서도 꼬박꼬박 얼마씩 보내왔다. 휴일과 쉬는 날은 반납하고 회사 일에 몰두했다. 컴퓨터 앞에서 좁아진 아들 가슴팍이 헌칠했던 체격을 눈에 띄게 왜소해 보이게 했다.

고시촌이라는 동네를 아들을 통해서 알았다. 한 평이나 될까, 제대로 발을 뻗고 몸을 돌리기도 어려운 방이었다. 그나마 한 뼘 크기의 창문으로 들어오는 햇빛이 숨통을 터 주었다. 무지하게 비싼 월세에 놀랐다. 뚜렷한 대상도 없는 누군가에게 화가 났다. '사람이 발이나 뻗고 잠이나 잘 수 있게 해 두어야지.' 말로만 듣던 서울 물정을 따갑게 피부로 느끼는 순간이었다.

이사철이 되면 일층 방의 세를 놓는다. 서울 고시촌에 비하면 턱없이 좋은 환경이다. 근래에 혼자 사는 할머니 한 분이 방을 계약했다. 세입자가 원하는 대로 청을 다 들어주었더니 흔쾌하게 이루어졌다. 전세금 천만 원과 월세 십만 원을 깎아 달래서 '그러자'고 하여, 보증금 삼백에 월세 십 만원으로 기분 좋게 계약을 했다. 계약 후 남편에게 좋은 일이 있다면서 알리니 방을 너무 헐값으로 주었다고 한다.

복잡한 서울은 언제나 기라성을 이룬다. 자연히 지방과 대도시의 방값은 극과 극일 수밖에 없다. 혼자 계시는 할머니에게서 친정어머니 모습이 겹쳐지고, 고시촌 좁은 바닥에서 책상 밑으로 발을 넣고 잠이 드는 아들 입장이 되는 이사철이기만 하다.

요즘 들어 '꿈은 이뤄진다'라는 소망이 내 안에 다가와 신비롭다. 아들은 서울에서 몇 차례의 난달 같은 방을 거쳐 호수가 있는 이곳에 보금자리를 틀었다. 오래 전부터 숲과 호수가 있는 산골짜기를 꿈꾸었듯이, 지금 아들이 자신이 하고 싶은 일을 회사에서 인정받으며 그 능력을 펴 보일 수 있음은 아마 그 어려운 시기를 견고하게 다져놓은 시간이 있었기 때문이다. 무엇보다 십 년이라는 긴 기간은 하느님께서 남편과 우리 가족을 측은지심으로 지켜주신 은총의 시간이라 믿는다.

아들딸이 행복하게 사는 게 부모의 꿈이기도 하다. 자식들을 통해서 꿈을 환히 지켜본다. 청년실업자가 늘어나는 요즘 어려운 현실에서 젊은이들의 꿈이 반짝반짝 빛났으면 한다.

식구들과 백운 호숫가를 나선다. 푸르른 벼가 나풀거리는 좁은 논길을 한 줄로 걸으며 오랜만에 맹꽁이 울음소리를 듣는다. 맹꽁 맹꽁 맹꽁, 정겹다.

05

하늘 우체국

어머니의 맹세가 얼마나 두텁던지

제 마음 천근 무게가 있다면

다 쓸어가고도 남을 태세입니다.

오직 부모만이 자식에게 줄 수 있는

내리사랑, 뜨겁디뜨거운 마음입니다.

우리는 긴 여행을 떠나는 사람처럼

깊고 다정한 포옹을 합니다.

새끼손가락을 걸며.

-〈어머니의 기도〉 중에서

미안해요, 예쁜 우리 엄마

　어머니께 국수를 찬 물에 말아드렸는데 첫술에 목이 막혀 혼이 났습니다. 마침 옆에 따스한 물이 있어 다행이었습니다. 양로원에서 첫 밥숟가락에 죽은 한태 할머니 이야기를 들었습니다. 철이 없는 아이처럼 찬 국물을 내다니…. 팔순하고 일곱을 더하는 어머니를 나와 같게 생각하다니요. 여름이라 접어두었던 전기장판을 켭니다. 내 몸도 요즘 자주 탈이나 단속합니다.

　엄마 볼을 쓰다듬습니다. 미안한 마음에 자꾸 쓰다듬습니다. 미안해요, 우리 예쁜 엄마. 꼿꼿이 앉아서 밥을 드시는 엄마가 장합니다. 작년 이맘때쯤은 누워서 식사하셨습니다. 삶은 감자 두 개 으깨어 현미밥 세 숟갈에 우유를 부어 말아서 먹는 게 엄마의 주식이었습니다. 일주일 전부터 설사기가 있어 속 편하라고 이틀거리 현미죽을 끓여댔더니 따라다니면서 졸라댑니다. "죽 먹기 싫다."라고. 감잣국에 찬밥 덩어리라도 달랍니다.

"웬, 찬밥?" 어머니는 죽이 많이 먹기 싫었나 봅니다. 찬밥 덩어리라도 달라니, 하하.

매운 것도 짠 것도 전혀 못 드시는 분이어서 국을 끓여 드리지 않았습니다. 아이처럼 졸라대어 감잣국을 끓여 보았습니다. 국에 들깨가루를 타며 맛이 부드럽고 고소할 것 같아 넣었더니, 의외로 국 한 그릇 밥 한 그릇 다 드십니다. 낼부터는 계속 국을 끓여드릴까 합니다.

어머니는 시집오기 전에도 죽은 안 드셨다 합니다. 아들이 없는 딸부자 집에서 여섯 자매 중 맏딸이었습니다. 외삼촌은 어머니가 아버지와 결혼 후 태어났기에, 시집올 때까지 아들 자격으로 할아버지와 겸상하여 쌀밥을 먹고 자랐답니다. 실제로 아버지 돌아가시고 꽁보리밥은 원 없이 먹어도 어머니가 싫어하는 죽은 별로 먹은 기억이 없으니까요.

연세가 많은 어머니지만 당신 몸에 대해서 지혜롭게 대처를 잘하십니다. 정신줄을 놓지 않고 끊임없이 움직이고 계시는 어머니가 고맙기만 합니다. 예쁜 우리 엄마에게 '만세' 삼창을 힘차게 불러 드립니다.

우리 엄마 만세, 만세, 만세.

하늘 우체통

여름이 시작될 무렵 집을 떠나 이제 제 자리로 돌아옵니다. 남편이 있는 병원 에어컨 바람 속에서 기도하는 마음으로 묵묵히 보냈습니다. 더위를 즐기는 피서객의 은빛 물결도, 우거진 숲속의 줄기찬 매미 소리도, 창문을 닫고 빛을 차단하는 사이에 속절없이 지나가 버린 여름이었습니다.

환자인 남편은 링거병을 양어깨에 서너 개씩 달고 잘도 다닙니다. 새벽 4시면 일어나 샤워기의 물을 돌리고 숲이 있는 고대 안암동 병원 체육관의 운동장을 몇 바퀴씩 돕니다. 링거병을 끌고 가는 남편 뒤를 따라 뺑 바퀴를 돌 때면 누가 환자인지 어떤 때는 헷갈릴 만큼 그의 발걸음은 빠릅니다. 등에 땀이 솟을 무렵이면 입원실로 되돌아와서 아침 식판을 받습니다.

병원에 서너 달 있는 동안 대체로 식사도 잘했고 무리 없이 방사선 치료도 잘 받았습니다. 제일 무섭고 두려웠던 기억은 수술

후, 재수술해야 할 상황이 왔을 때였습니다. 1차 예약 날짜에 8시간이란 긴 시간 동안 수술을 받고 경과가 좋아 안심했습니다. 환자는 곧바로 중환자실로 옮겨져 하룻밤을 보냈습니다.

수술 후, 긴장이 풀리면서 처음으로 깊은 잠을 밤새 잔 모양입니다. 중환자실에서 새벽같이 보호자를 찾습니다. 환자가 퉁퉁 부은 목을 치켜들고 성난 황소처럼 소리를 질러댔는데, 너무 놀라 숨이 멎는 줄 알았습니다. 설암 수술을 받은 남편은 피 순환이 안 되어 목에 고여서 기도를 막고 있다고 합니다. 당장 목에 칼을 대어 호흡기를 터주지 않으면 생명이 위험하답니다. 중환자실에서 밤새 무슨 일이 일어났는지, 깜깜하게 모르고 있었습니다. 보호자 난에 서명부터 하라는 소리가 귓전에 윙윙거렸습니다. 담당의를 찾아서 자동 승강기로 뛰었고. 외래 환자를 진료하던 담당의도 당혹스럽기는 마찬가지입니다. 담당 인턴과 간호사들에게 서릿발 같은 호통을 내리며 남편은 다른 이의 순번을 제치고 중환자 수술실로 실려 들어갔습니다.

정신을 차리니 가을이 오고 있습니다. 비 온 뒤에 땅이 굳어지듯 희망을 품고 너른 가슴으로 맞이하겠습니다. 하루를 열심히 감사하는 마음으로 살아갈 때 주님은 부족한 저희를 지켜 주시리라 믿습니다.

오랜만에 집에 돌아와 차분히 의자에 앉습니다. 주변의 염려 덕분에 남편도 우선합니다. 앞으로 여유를 가지고 건강을 돌보면 큰 문제는 없을 것 같습니다. 지금보다 더 많이 신경 써야 할 아내의 몫이기도 합니다.

밤이 깊었습니다. 맑고 아름다운 이 가을에, 누군가를 사랑하고 나 자신을 사랑할 수 있음에 감사하는 밤입니다.

왜바람이 몰고 가면?

어머니 옆에서 성경 필사를 하는데 내게 어디 갈 거냐고 묻습니다. 가만히 앉아있는 사람에게 뜬금없이 말하는 어머니가 우스워 손을 흔들어 보입니다. 딸과 사인이 맞지 않았나 봅니다. 재차 묻습니다.

"성당? 산책?"

어머니가 알고 있는 요즘 나의 신상이 환히 드러납니다. 아니라고 머리를 흔들어 보였습니다.

어머니는 더 큰 소리로, 가면 언제 오느냐고 묻습니다. 하도 우스워 머리를 자꾸 흔들었습니다. 대답을 들으려고 애를 태우는 어머니를 보며 장난을 그칩니다.

어머니의 귀에 대고 아무 데도 안 간다고 큰 소리로 전합니다. 안심하신 어머니는 내 귀에다 속사정을 말해줍니다.

"딸이 앉아 있는데, 갑자기 왜바람이 몰고 갈 것 같아 마음이 안 놓인다.”라고 합니다. 이제는 고이 자겠다고 합니다.

하하, 우리 엄마, 왜바람은 또 뭘까요! 어머니를 꼭 안아 봅니다. 참으로 가볍고 작은 몸입니다. 양푼이 밥을 먹고 밥심으로 나락 가마니를 이고 다녔다는 어머니는 아득한 동화 속 인물이기만 합니다.

어머니의 짧은 은빛 머리카락이 따뜻하고 편안해 보이며 멋스러워 제가 좋아합니다. 당신께서는 저와는 달리 흰머리가 싫다고 합니다. 거울을 들여다보면 웬 백발노인이 있어 당신을 어색하게 하나 봅니다. 가끔 염색하고 싶어 하지만 흰 머리가 예쁘다고 말하면 반신반의합니다. 사실은 죄송해서 어머니의 마음 들어 줄까도 생각해 보지만, 아무래도 흰머리가 낫다고 결론을 내릴 때쯤이면 당신께서도 흰머리에 대한 생각은 잊어버립니다.

어머니는 눈앞에 딸이 보이지 않으면 아이처럼 마음이 작아집니다. 여린 가슴을 지닌 어머니는 저를 베개 삼아 잠이 듭니다.

“어머니 푹 주무세요. 꿈속에서 그리운 아버지와 상봉하시면 얼마나 좋을까요. 언제나 어머니 곁에 딸이 있습니다. 사랑합니다.”

찬물 날아가는 소리

어머니는 성당 자매님의 노랫소리에 반하셨나 봅니다. 우리 레지오 단원 몇 분이 다리가 불편한 어머니를 뵈러 이따금 방문합니다. 바깥출입이 힘든 어머니에게 가끔 자매님들이 노래도 불러드리고 이야기도 나누고 하여 심심치 않습니다.

단원들이 가자 어머니는 내게 한 소절을 읊어 보랍니다.

'그날 밤 그 처녀가 나를 울리고 간다.'

노랫소리가 좋다고 칭찬을 하며 "찬물 날아가는 소리를 낸다." 라고 합니다. 어머니의 말이 재미있어 찬물 날아가는 소리가 어떤 거냐고 물어봅니다.

"맑은 물이 콸콸 흐르듯 청아하고 꾀꼬리 같은 소리인 기라."

하하! 우리 엄마, 표현에 품격이 넘칩니다. 시인이 따로 없습니다. 자매님들을 칭찬하는 주름살 가득한 얼굴에 보름달이 둥실 떠올라 환합니다.

어머니는 노래를 좋아하지만, 노래를 부르면 박자가 엉망입니다. 어머니는 가요보다 시조 같은 것을 잘 읊습니다. 청산리 벽계수는 단골 제목입니다. 김매는 고구마 밭이나 콩밭에서 시조 한 수를 읊을 때는 어머니가 참 멋져 보입니다. 무엇보다도 낭만과 정열이 서려 있는 분입니다.

어머니가 통증이 잦은 날은 성당 자매님들이 방문을 못하니 못내 아쉽습니다. 자매님들 덕분에 한동안 즐거워하셨습니다. 하느님, 감사합니다.

가을 사랑

아들을 볼 때마다 퇴거하라고 종용했습니다. 사흘거리 민방위 통지서가 날아와 번거롭다는 이유였습니다. 처음에는 서울에서 꼬박꼬박 내려오는 아들 얼굴을 보는 게 즐겁고 집안에 생기가 돌았습니다. 하지만 마냥 그러고만 있을 수는 없었던가 봅니다.

가을바람이 서늘해질 저녁 무렵 아들에게 전화가 왔습니다. 사흘간 민방위 훈련을 받고 전철을 타는 중이라고, 국방의 의무를 다한 양 목소리도 박력이 있었습니다. 덩달아 쾌활한 마음으로 물었습니다.

"퇴거했니?"

아들이 소곤거렸습니다.

"한 평 고시촌을 두고 전입신고를 한다는 게, 어쩐지 조금은…"

몰라도 한참을 몰랐습니다. 한 평도 안 되는 고시촌 방에 있는 아들의 마음을.

직장 구하기 힘든 요즘 서울로 취직되어 가는 아들을 두고 한시름 놓았다고 여겼습니다. 자기 힘으로 방을 구하고 모든 걸 처리하는 아들이 그저 고맙고 미더웠습니다. 다만 쪽방이 불편하다는 것에만 애를 태웠지, 굳이 드러내고 싶지 않은 주인의 심정을.

그날, 밤새도록 벌이도 없는 통장을 주물럭거리며 뻥튀기를 했습니다. 다리를 펴고 늘어지게 기지개를 켜는 아들의 여덟 평 반지하방을 꿈꾸었습니다.

새벽 세 시가 넘고 신계행의 '가을사랑'을 듣습니다. 가을이 쓸쓸함으로 남지 않았으면 합니다.

가을 하늘을 닮은

　새벽부터 비가 내린다. 주일 새벽 성당에 다녀오니 중요한 일을 먼저 해놓은 사람처럼 마음이 가볍다. 회사일로 주일을 잊고 지내던 남편 루카가 직업을 성당 다니는 일로 방향을 틀었다. 회사의 폐업으로 마음마저 문을 닫고 황폐해질까 염려했었다. 아득한 마음을 정리하며 새벽 미사에 매일 빠지지 않고 참례하기란 쉽지 않았을 텐데, 결단력이 빠른 그가 모든 것을 하늘에 맡기고 어려운 관문을 시원하게 통과했으니 다행이다.

　며칠 전 아들에게 격앙되게 소리를 높여 계속 마음이 쓰였다. 아침잠이 깨어 있을 시간에 전화를 하니 목소리가 밝다. 아들이 좋은 소식을 전한다. 회사에서 선임으로 승진하였다. 능력 있는 사람들이 많이 있는데 혼자만 먼저 올라오니 미안하고 부담도 온다고 한다.

　요셉은 어느새 의젓하고 믿음직한 사회인으로 자리를 잡아가고 있다. 정의롭고 때로는 온정이 많은 청년으로, 경쟁 사회에서 옆 사람을 제치고 올라서니 마음이 편치 않다면서 괜스레 동료에게 미안하고 또 잘해야겠다는 부담감도 따르곤 한다. 주변을 챙기는 아들의 마음이 엿보인다. 축하하는 마음과 열심히 하라는 격려도 함께 보낸다.

요즘 남편의 직업이 성당 다니는 일인 만큼 새벽 미사를 거르지 않는다. 우스갯말이지만 하느님 앞에서 우리 집 대표 주자로 뛰고 있으니 그 백을 믿고 꾸준히 살아가면 힘든 일도, 천국 가는 일도 수월해지지 않을까싶다.

절망하지 않고 자신의 무게를 감당하며 해바라기하는 남편과 열심히 살아가는 아들에게서, 가을 하늘을 닮은 맑음을 본다.

가을 여행

　지난밤 아홉 시경 딸네 집에 도착했습니다. 딸애가 있는 곳은 김포공항에서 사십 분 거리인 부천입니다.

　어제 낮 두 시경 진주에서 출발했지요. 수원 가까이부터 정체로 일곱 시간을 도로에서 헤맸습니다. 감기 증세로 몸은 조금 고생을 했지만, 자동차 안에서 CD로 색소폰 연주를 들으며 운치 있는 여행이었습니다. 바쁠 것도 없으니 고속버스 휴게실이 나타나면 곧장 쉬고 혼자 하는 여행의 여유로움이 좋습니다. 청명한 하늘은 티 없이 맑아 가을 들판을 황금빛으로, 사색의 시간으로 이끌어 줍니다.

　잠시 지난날의 나를 더듬어봅니다. 젊은 날에는 내가 하고 싶은 이야기를 개의치 않고 직설로 풀어버렸다면, 나이테를 더해가면서 누군가와 부딪히는 일은 스트레스가 되니 가능하면 피하려 했습니다. 그래도 이 나이가 되도록 수양이 덜 된 마음이라 부끄러움이 더 큽니다. 진정으로 상대편을 아낀다면 껴안고 보듬어 줄 수 있는 따뜻한 가슴 한구석 남았으면 하는 소중한 마음 가져봅니다.

오늘은 회색 하늘이 낮게 드리워져 있습니다. 집을 떠나면 마음이 자유롭습니다. 딸애 말에 의하면 '주인의식에 대한 책임'에서 벗어나면 새털처럼 마음이 여유롭다고 합니다. 엄마가 있는 집에 가면 마음이 평온하답니다. 숟가락만 하나 더 놓으면 모든 것이 해결된다고요.

딸아이 집은 누우면 침대, 일어서면 싱크대, 한 발 움직이면 책상, 문 하나 열면 화장실, 방 한 칸에서 모든 게 해결되는 원룸입니다. 딸애는 자신의 몫에 대한 책임으로 자유롭지 못했나 봅니다. 외형적으로는 혼자 사는 공간이 꽤 자유로워 보였는데 말입니다. 공부와 집 청소로 씨름을 하며 때로는 스트레스를 받기도 했나 봅니다. 다음 학기부터는 기숙사로 들어가겠다고 신청한 상태입니다.

이 작은 공간이 참 좋은데, 사람이 나 혼자 사는 것도 아니고 환상에 잠시 머무르다 돌아가는 가을 여행입니다. 십일월이 성큼 다가옵니다.

정월 초하루에

　새해, 설 명절 제사를 모시고 남편과 시간을 함께 했다. 분주함
뒤에 오는 여유로움이라 느긋한 마음으로 남강 둔치를 걸었다.
운동도 할 겸, 왕복 두 시간 거리를 걸어서 영화를 보러 갔다.
상영 시간이 한 시간이 남아 엠비시네 지하 일 층 서점에서 시간
을 보냈다. 시집부터 수필집 등 두루 책을 골라 보느라 한 시간은
금방 흘렀다. 남편이 아들을 위해 책을 고르는 동안, 나는 제목에
끌려 한 권의 책을 읽다가 상영 시간이 임박하기에 M 토케이어의
≪영원히 살 것처럼 배우고 내일 죽을 것처럼 살아라≫ 책을 샀
다.

　"인간이 하루를 살기 위해 하루를 살기 위한 지혜를 배워야 한
다. 하물며 영원히 죽지 않고 살기 위해서는 얼마나 많은 지혜를
배워야 삶을 영위할 수 있는 것일까?"

　향학열의 소유자였던 유명한 랍비인 '힐렐'의 명언이다.

몇 가지를 더 들어 보자.

"지식이 더 넓어지지 않는 사람은 퇴화하고 있다고 생각해야 한다."

"배우기를 마다하는 사람은 죽어 마땅하다."

"수줍어하는 자는 배울 수가 없다. 성미가 악한 자는 가르칠 수 없다."

"속된 일에 빠져 있는 자는 지혜롭게 될 수가 없다."

"자신을 위해서만 재능을 쓰는 자는 정신적으로 자살하는 것이나 다름없다."

유대인은 그렇게 살았다. 무엇이든지 배우며 그 배움을 삶에 접목해 자신들의 지혜로 삼았고, 후손들에게 전하여 수천 년 동안의 박해와 고난의 세월을 이기고 나라를 되찾은 힘이 되었다.

유대인은 매 순간 배움을 중시하고 있다. 영원히 살아남기 위하여! 유대인의 격언은 실생활에서 빼놓을 수 없는 위대한 스승이기도 하다.

읽을 책이 곁에 많이 있으면 보리 흉년에 쌀밥을 보듯 마음 가득하니 배가 부르다. 내일 집을 떠날 아들과 함께 돌려보려고 열심히 읽고 있다. 이번 설날은 따뜻하고 훈훈했다. 남편이 덕담까지 담아서 사인까지 했다. 정초에 운수 대통하는.

사랑합니다! 고맙습니다!

이월 셋째 주 토요일 오전입니다. 아이들 학교 봄방학이라 오전에 '독서 논술' 수업 끝내고 여유롭게 앉아 한 줄의 글월 올립니다.

간밤에는 김수환 스테파노 추기경님의 장례미사와 하관 예절을 평화방송에서 보고 새벽 두 시에 잠이 들었습니다. 새벽녘 꿈속에서 억수로 쏟아지는 비를 맞으며 엄청나게 좋아했던 것 같습니다. 추기경님의 자애로운 사랑이 하늘에서 우리를 내려다보시며 어린 애 같은 순수한 마음을 가질 수 있게 축복해 주셨나 봅니다.

추기경님이 잘 부르시던 김수희 '애모'를 듣고 있습니다. 가만히 노랫말을 음미해보면 따뜻하고 아름답습니다. 대상이 하느님이든 연인이든 가족이든 마음을 담을 수 있는 울림이기에 뭉클합니다. 슬플 때일수록 슬픔이란 어감을 줄여봅니다.

추기경님께서는 언제나 낮은 자세로 다가오셨던, 이 시대의 정신적 지주였습니다. 추기경님이 남기고 가신 사랑이 우리 주변에서 힘들게 살아가는 모든 이들에게 세상의 빛이 되었으면, 간절한 마음 기도로 청합니다.

"추기경님의 영혼이 하늘나라에 올라 영원한 행복 누리시길 빕니다."

김수환 스테파노 추기경님! 사랑합니다, 고맙습니다.

강변에 비가 내리고

요즘 들어 밤공기가 시원하고 좋아서 며칠째 강변을 걷는다. 집에서 나설 때 빗방울이 하나씩 떨어져 작은 양산을 쓰고 나섰다. 밤이면 운동하는 이들로 줄을 잇는데 오늘은 한적하다.

마음이 갑갑할 때 걸으면 가슴이 뻥 뚫리는 느낌이다. 이 느낌이 좋아 며칠째 걷고 있다. 이렇게 시원한 마음인데 왜 집에서는 불이 났을까.

남편 때문에 이래저래 화가 나서 그 불똥이 엄마에게로 갔다. 눈과 귀가 어둡고 몸 상태가 좋지 않은 엄마는 안 들려 묻고 또 묻는다. 대소변이 조절이 안 되어 종일 사람을 괴롭혀서 딸인 내가 대가를 단단히 치렀다.

시간이 지나니 스스로 화가 풀리고 토마토 주스를 갈고 박 이파리로 부침개를 해 드렸더니 아이처럼 엄마 얼굴에 화색이 돈다. 벌떼처럼 쏘아붙이는 딸이 몸서리도 날 법한데 그래도 딸이 예쁘단다. 이치에 다 맞는 말을 했을 뿐이란다.

엄마의 볼을 쓰다듬는다. 너무 죄송하여 마음이 아프다. '못된 딸이라고', 속으로 욕하며 마음을 풀었으면 하는데 조선에도 없는 천사 같은 딸이란다. 누가 사랑은 내리사랑이라 했던가, 자식은 부모만 한 사랑을 흉내조차 낼 수 없다.

며칠 열대야 현상 때문인지 엄마가 부쩍 서성이며 잠을 자지 않아서 목욕을 시켜드렸다. 개운한지 훨씬 표정도 밝다.

"이렇게 개운하고 좋을 때 고만 죽었으면 좋겠다."라고 한다. 어떤 때는 내가 죽었는가 싶어 꼬집어보면 그대로란다.

"죽으면 한 줌 흙밖에 안 된다는데, 어서 죽어야 너도 편하고 나도 갈 데 가는 거."라고 어머니는 쉴 새 없이 되뇌신다. 못난 딸은 엄마의 넋두리에 목으로 가시가 걸려 톡 쏘아붙인다.

"엄마 안 죽고 싶어서 밥도 많이 먹잖아요!" 소갈머리 없는 말에 엄마는 '하하' 웃는다. 딸도 하하댄다. 예쁜 우리 엄마, 돌아가시는 날까지 고통에 허덕이지 않게 하느님 복을 주소서.

엄마가 하반신이 아파 뜨거운 물에 찜질하러 어느새 화장실을 찾아 무릎으로 한 뼘 한 뼘 기어간다. 고통도 감사하게 받아들여야 하는 법을 배운다. 쉴 새 없이 기어 다니는 등은 욕창이 생길 틈이 없다. 엄마의 정신이 아직은 온전함에 새삼 고마움을 느낀다. 마음을 너그럽게 쓰니 빗소리가 더욱더 곱게 들린다.

살아가는 동안

이번 주말에 딸애가 모처럼 집에 오겠다고 한다. 남편과 둘이 지내는 텅 빈 집에 딸애의 소식은 벌써 집안을 훈훈하게 한다. 온 가족이 자리를 함께했으면 좋지만, 시험 중인 아들의 식탁 자리는 비어있다.

한 달 전 남편이 갖가지 채소들을 몇 포기씩 얻어와 뒤뜰에 심었다. 신기하게 얼마 지나지 않아 고추와 방울토마토, 오이가 열리기 시작했다. 그는 출퇴근할 때마다 사랑하는 아이들을 대하듯 찾아가 잠깐씩 어루만져 주고 간다.

오이를 따서 밥상 위에 올린다. 유기농이라 껍질째 된장에 찍어 먹으며 첫 수확의 기쁨으로 뿌듯해한다. 그뿐인가, 상추도 곁가지를 따서 쌈을 푸지게 싸 먹는다.

아침에 내 팔뚝만 한 오이 하나가 대롱거리기에 툭 따서 밥상 위에 올렸는데 그는 딸이 오면 식구 모두에게 맛을 보여주고 싶어

서인지 아쉬운 표정이다. 요즘 들어 아버지의 자식 사랑 앞에, 극성을 당해 낼 재간이 없다. 동강 난 오이를 먹지 않고 딸이 오면 보여 줄 요량으로 냉장고에 넣어 두었다.

자식들이 아버지의 마음만큼 수확의 귀한 가치를 알 수 없을 테지만, 부모의 소중한 마음을 자식에게 알리는 것은 첫 수확만큼 이나 흐뭇하다. 저녁에 퇴근한 남편이 오이 넝쿨을 살피더니, 큰 놈이 하나 더 있다며 아침에 딴 것은 마저 먹어도 되겠다고 한다. 글쎄, 아내 역시 큰 것을 먹고 싶은 건 아니었다. 그저 남편에게 수확의 기쁨을 빨리 보여 주고 싶어 덜컥 밥상에 올린 것이다.

가족이란 이렇듯 오밀조밀한 기쁨을 함께 나누며 삶의 진정한 맛을 함께 느끼면서 사는 게 아닐까.

도서관에서 보내는 여유

　토요일 오후 도서관 일반실이 조용하다. 모처럼 창가에 자리가 비어 있어 앉을 수 있다.

　숲을 볼 수 없지만, 창문을 활짝 열고 바깥 공기가 들어오는 것만 해도 어딘가. 조용한 분위기여서 읽는 책도 머리에 쏙쏙 들어온다. 책 제목에 다시 눈이 간다.

　제목에 끌려 ≪가까이 있으면 편해지는 사람≫(사이토 시케타 저)을 선정한다. 며칠 전 읽었던 책 내용과 제목이 비슷한데 지은이는 다르다. 드러나지 않지만 요즘 나의 심리는 주변과 관계 유지를 잘하고 싶은 마음으로 책을 고를 때마다 같은 성향을 고르고 있다. 어머니가 돌아가신 뒤 친형제들과 소원하게 지내서일까, 꼭 거기에 한정되어서만은 아닐 것이다.

　세상살이하면서 불편해지는 이들과 마주칠 때, 대화법에서 내가 노력하고 훈련해야 한다는 걸 인식한다. 상대적으로 나 역시 주위 사람들에게 편안하게 읽혔으면 한다.

시간이 빠르게 지나간다. 저녁밥 대신 떡을 조금 싸 오고 비야가 제주에서 가져왔다는 컵라면에 뜨거운 물을 붓는다. 잠깐 기다리며 지하 휴게실에서 메모한다. 방금 읽은 글 중에서 '취미로 메모하는 습관'을 가져보라고 했다. 글을 쓰는 사람들에게는 누구나 해당 사항이다. 훈련되도록 꾸준히 노력해야 할 일이다.

도서관에 혼자 와 있으면 그냥 편안하다. 일상에 구속되지 않는 자유로움으로 마음이 가볍고 즐거워진다. 간혹 물 먹으러 한두 명이 오갈 뿐이다. 시계는 저녁 여덟 시 이십오 분을 가리키고 있다. 벽면에 걸어둔 액자 속의 글이 눈에 들어온다.

'흔들리지 않고 피는 꽃이 어디 있으랴.'

한 편의 시를 액자에서 끄집어 온다. 메모하며 라면을 먹는다. 여유로운, 고요 속으로 함몰되어가는 가장 평온한 한때다.

글을 쓰고 퇴고하는 중이다. 깊이 있는 글을, 감동할 수 있는 글을 쓰고 싶은 마음으로 늘 기도하는 마음이다.

겨울 단상

아침, 성당 구역 청소를 끝내고 남강을 한 바퀴 돌고 있습니다. 날씨가 제법 추워 모자 달린 겨울 코트에 부추도 신고 목도리까지 둘렀습니다.

서늘한 가을, 운동 삼아 모여들던 둔치엔 사람들의 그림자는 찾아볼 수 없고 남강은 한적합니다. 싸한 공기의 감촉이 쌀쌀맞지만, 마음은 오히려 정갈해집니다. 잔잔한 강물은 고요함으로 저를 차분하게 이끌어 줍니다.

초겨울을 맞이하는 단풍잎들은 옷을 벗으며 수북이 떨어집니다. 이렇듯 고즈넉함으로 마음이 물드는 날, 한 장의 엽서를 띄우고 싶은 친구가 그립습니다. 자연 속에서 맑고 넉넉하게 세상을 바라볼 수 있는 감사함이 온 마음으로 전해옵니다.

저만치에서 아직 겨울 채비를 못한 단풍잎을 만났습니다. 붉게 물든 결 고운 단풍잎을 가지런히 모읍니다.

'얘야! 어서 너도 겨울 채비를 해야지.'

모두가 가버린 텅 빈 나뭇가지 사이에 홀로 남은 단풍나무가 독립투사처럼 장해 보이기도, 길 잃은 새마냥 외로워 보이기도 합니다.

책갈피 사이사이 단풍잎을 끼워 두고 두꺼운 백과사전으로 꾹 눌러 놓았습니다. 한 잎 말린 단풍잎이 누군가에게 작은 기쁨이 되었으면 합니다.

나 자신과의 화해

오전 열 시 미사를 마치고 어머니 약을 지러 완사에 들렀습니다. 돌아오는 길에 진양호 호수를 끼고 수곡 쪽으로 차를 몰았습니다. 고요한 호수와 숲을 그곳에서 볼 수 있습니다.

호숫가에는 배롱나무꽃이 흐드러지게 피어 그 절정을 넘어 시들어가고 있습니다. 마치 삶과 죽음의 경계선처럼 말입니다. 차를 세워 놓고 아득한 호수와 푸른 숲을 한참이나 바라봅니다.

침잠하며 내 안을 들여다 봅니다. 정당한 이유와 변명은 무수히 많습니다. 사람과의 관계에서, 특히 내 형제에게 굳은 마음 안고 살지 않으리라, 저 자신에게 타이릅니다.

'느낌에 충실히 하고자 합니다. 느낌은 언제나 진실합니다.'

묵묵히 황폐해져 가는 마음을 보듬습니다. 살아가는 동안 서로의 소중함을 깊이 되새기고자 나 자신을 어루만집니다.

가족애家族愛로 수놓은 여인의 삶

정목일

(수필가. 전 한국문인협회 부이사장)

1.

수필은 삶으로 그린 자화상이다. 좋은 수필은 오랫동안 마음에 남아 감동의 여운을 준다. '감동의 여운'이라는 것은 어떤 장면으로 남을 수도 있고, 또 느낌이나 향기, 빛깔, 가락으로 전해올 수도 있다. 사라지지 않고 오래도록 독자들의 인생에 감동과 지혜와 깨달음을 주는 글일수록 좋은 수필이 아닐까 한다.

완벽에 가까운 글보다 진솔하고 격식 없는 수필이 마음을 끌어당긴다. 평온과 휴식을 안겨 주면서 인생론에 귀를 기울이게 만든다. 너무 완전무결하면 꾸며낸 것 같고, 짜 맞춘 듯이 빈틈이 없으면 여유가 없어 보인다. 완벽보다 파격이 있으면 더 좋고, 빈틈도 보이고, 모자람도 있어야만 미소가 나온다. 성공담과 미학만을 들을 필요도 없다. 오히려 실패담과 고행담에서 값진 교훈과 감동을 느끼게 된다.

수필은 인생을 담는 그릇이다. 인간이란 완벽하지 않기에 완벽

한 수필도 있을 수 없는 일이다. 삶의 체험에서 얻어낸 금싸라기로 어떻게 감동의 보석을 만들어낼 수 있을까? 수필은 누구나 쓸 수 있는 글이지만, 좋은 수필을 쓴다는 것은 예사로운 일이 아니다. 수필의 경지는 곧 인생의 경지이기 때문이다. 인생과 마음이 맑아야 수필에서 향기가 나는 법이다.

수필의 소재는 '나의 삶, 인생'이다. 삶의 기록에 거치는 게 아니라, 인생의 발견과 깨달음이 있어야 한다. 이를 통해 보다 의미 있는 인생을 발견하고 자신의 삶을 바람직하게 꽃피워내는 계기가 돼야 한다.

수필가 허정란은 이번 처녀 수필집 ≪어머니의 연서≫를 상재하면서 모두 예순한 편(61편)의 수필을 선보이고 있다. 수필의 소재들을 보면 삶의 진솔한 고백이다. 가족사, 가정사를 주 소재원으로 하고 있으므로 여성 수필의 모습을 여실히 보여준다. 사소한 삶의 발견이지만, '기록'을 통해 삶에 대한 재점검과 의미를 되새겨 보는 의식을 보인다.

인간은 누구나 자신의 삶이 특별, 화려, 우아, 찬란하길 바라지만 대부분의 일상은 평범하게 흘러감을 경험한다. '수필쓰기'는 자신의 삶을 되돌아보면서, 인생의 발견과 깨달음을 얻어내는 일일 수 있다. '수필쓰기'가 중요한 것은 나의 삶과 인생의 '기록장치'라는 것이다. '기록'을 통해 삶의 재발견과 스스로 삶에 대한 의미부여를 할 수 있음을 깨닫는 일이다.

어머니가 떠난 빈자리는 상실감으로 아름드리나무가 뿌리째 뽑혀 나동그라진다. 며칠만 시간을 다시 돌려준다면, 백발 얼굴에 따뜻한 두 볼을 마주 비벼보고 싶다. 요양원에서 못했던 천 기저귀를 뽀송뽀 송하게 채워드리고, 통증에 못 이겨 약을 사탕 먹듯 졸랐던 소원을 풀어드리고 싶다. 돌이킬 수 없는 그리움이 천근만근 내 안에 쟁여온 다.

대림절 고백성사를 보면서 어머니를 떠나보낸 슬픔을 추스른다. 이 세상 수고로움을 다 내려놓으시고 천국 낙원에서 영원하시기를 성 모님께 청한다.

창문가 게발선인장이 해바라기를 한다. 한평생 자식들이 온전히 뿌리내릴 수 있도록 밑거름이 되어 주셨던 어머니가 무시로 그립다. 돌아오는 봄에는 분갈이하여 튼튼히 뿌리를 내리게 해야겠다. 어머니 거처 문제로 잠시 불편했던 동기간들에게 살가운 마음으로 화분을 선 물로 보내야겠다.

－〈어머니와 게발선인장〉의 일부

〈어머니와 게발선인장〉은 결혼 이후에 자식으로서 친정어머니 를 잘 모시지 못한 아쉬움과 한스러움을 드러낸 작품이다. 모녀간 에 상통하는 인생의 체험과 감성을 정감 있게 그려내고 있다. 허 정란의 수필은 사회적인 체험보다는 가정에서 일어나는 가족들 간의 애환과 사랑을 보여주고 있다.

2.

허정란의 수필은 딸, 아내, 어머니로서의 삶의 길을 그대로 보여준다. 농경시대에서부터 오늘에 이르기까지 전형적인 한국 여인의 삶의 모습을 드러내고 있다. 어렵고 각박한 시대를 겪어 왔지만, 인정과 사랑을 잊지 않고 마음을 나누는 농경시대의 인심과 삶의 모습을 보여주고 있다. '인정이 있는 삶의 풍경'을 가슴에 안고 있는 듯이 보인다.

그가 보여준 수필들은 일생을 통해 기억에서 지워버릴 수 없는 자화상들이 아닐 수 없다. 무엇보다 뜨거운 가족애를 보여주고 있다. 현대의 우리나라 젊은이들은 어느새 가족애가 느슨해진 모습을 보이고 있다. 심지어 결혼을 하지 않아도 된다는 생각을 가진 청년들도 늘어나고 있다. 혼자 밥을 먹는 식당도 생겨났다. 농경시대는 상호 협력의 시대였지만, 이제는 홀로서기 시대가 되어가고 있다.

허정란의 수필은 농경시대의 정서와 삶의 모습을 지니고 있어, 전통적인 한국인의 인심과 정情의 온기를 보여준다.

농경시대의 정서와 삶의 모습이 정답기도 하고 향수를 불러일으키지만, 현실의 모습은 이와는 거리가 먼 느낌이 든다. 비록 가난했지만 서로 돕고 인정을 나누던 정감의 시대를 수필로서 그려놓은 모습이다.

문학 공부에 미련이 있어 여기저기 기웃거리고 있을 때에도 스승을 직접 찾아 나서 보라고 용기를 주었다. 긴 머리에 안경이 잘 어울리는 작은언니는 치자색 투피스 차림의 처녀적 고운 모습으로 내 액자 속에 들어있다.

만학도가 되어 대학에서 드나들었던 나의 다락방은 조용하고 숲이 있는 아름다운 환경이었다. 통학버스를 타고 다녔던 학교생활은 의지적 자아가 빛을 발하는 자유로운 시기였다.

나만의 다락방을 찾아서, 남강 물이 환히 보이는 산 중턱 시립 도서관을 요즘 자주 오르내린다. 제각기 책 속에 빠진 열람실의 침묵 속 조용한 분위기에 푹 빠져 평화로움을 맛본다.

등을 곧게 펴고 기지개를 활짝 켠다. 일반 열람실을 거쳐 어린이 도서 열람실에서 빌린 동화책을 반납한다. 아들 또래의 도서관 사서가 아는 척을 한다. "책을 읽는 어머니는 아름다운 사람"이라고 엄지손가락을 치켜세우기에 멋쩍게 웃어 보인다. 사람들의 마음을 따뜻하게 하는 청년의 아름다운 마음이 돋보인다.

해 질 녘 도서관 잔디밭에 새끼 고양이 두 마리가 여유롭게 누워있다. 지나가는 이들이 털을 쓰다듬고 핸드폰에 그림을 담아도 경계가 전혀 없는 이들에게서 평화를 본다. 저녁 한때의 평화로운 풍경이 나의 다락방에도 쌓인다.

폭염 속 무더위도 지나가고 어느새 가을이다. 높고 파란 가을 하늘에, 맑은 영혼의 글을 온전히 담을 수 있는 나만의 다락방을 꿈꾼다.

　　　　　　　　　　　　　　　　　　　　－〈나만의 다락방〉의 일부

〈나만의 다락방〉은 감성이 민감했던 문학도 시절, 자신만의 '사색 공간'을 갖고 싶었던 마음을 그려놓은 작품이다. 사춘기를 지나 대학생일 때는 독립공간에서 자신만의 길과 삶에 대해 생각해 보길 원하는 시기가 아닐 수 없다.

'나만의 다락방'은 자신만의 '사색 공간'을 말하며, 자신의 삶을 통찰하고 의미를 부여하려는 의식에서 의도된 것이다. 이런 의식이 있었기에 '수필가'로 등장하게 된 것이며, '나만의 다락방'은 문학인으로서 간섭받지 않는 나만의 집필 공간을 원하게 된 것이다.

3.

허정란 수필의 특성을 말한다면 한국 농경 정서의 풍경과 삶의 체험에 대한 음미吟味라고 할 수 있다. 농경 정서는 이제 저녁노을이 되어 사라지려 하고 있다. 허정란의 수필은 농경시대에 농촌에서의 체험과 현대화 과정을 거치면서 오늘에 이르는 삶의 모습을 눈으로 보듯이 그려놓은 자화상自畵像이다.

허정란의 처녀 수필집 ≪어머니의 연서≫ 상재를 축하하며, 이 수필집이 독자들에게 농경 정서와 인정을 서로 나누었던 시절의 삶과 모습을 살펴보는 계기가 되었으면 한다. 한 여성으로 태어나 오늘에 이르기까지 삶을 통한 인생의 발견과 깨달음을 독자와 함께 나누는 기회가 되길 바란다.

허건 〈용원정〉